발
없
는
새

발
없는
새

정찬 장편소설

창비
Changbi Publishers

차례

1장

패
왕
별
희

1

2003년 4월 1일 오후 워이커씽 씨와 함께 베이징의 오래된 극장에서 중국의 전통 그림자극(皮影戲)「홍루몽」을 보았다. 처음 본 그림자극이었음에도 스르르 빠져들었다. 아마도 짐승의 가죽으로 만든 인형의 그림자가 꿈속의 장면처럼 흐릿하고 몽롱하게 눈에 스치고 지나갔기 때문이 아니었을까, 생각된다.

극장을 나오니 하늘에 어둠이 섞이고 있었다.「홍루몽」에 나오는 태허환경(太虛幻境)의 정경이 어렴풋이 떠올랐다. 그 환상의 공간에는 실재와 허구, 있음과 없음의 구분이 지워져 있다. 실재가 허구로 될 때 허구는 실재가 되고, 있음이 없음이 될 때 없음은 있음이 된다. 옆에서 말없이 걷고 있던 워이커씽 씨의 숨결이 느껴졌다. 그는 나에게 미묘한 존재였다. 없는 듯하면서 있었고, 있는 듯하면서 없었다.

워이커씽 씨는 술을 무척 즐겼다. 술잔 앞에서 그의 얼굴은 환히 빛났다. 그럴 때의 표정이 아이처럼 천진했다. 하지만 어느 순간 천진함이 사라지면서 피폐함이 나타났다. 희망이라고는 전혀 없는, 삶에 대한 비애의 흔적 같은 피폐함이 파리한 얼굴을 덮었다. 그럴 때마다 혼란스러웠다. 그의 존재성에 대한 혼란이었다.

독신이었던 워이커씽 씨는 베이징의 작은 주택에서 혼자 살았다. 술을 즐기는 데다 담배를 하루에 두갑씩 피우는 골초였다. 다행스럽게도 술자리에서는 흡연을 삼갔다. 술친구에 대한 배려였다. 내가 건강을 걱정하면 그는 특유의 천진한 미소를 지으며 좋아하는 걸 참아가면서까지 오래 살고 싶지 않다고 응수했다. 그는 나보다 스물다섯 살 많은 1938년생이었다. 그런데도 그가 오래된 친구처럼 느껴진 데에는 그의 천진함이 커다란 역할을 했을 것이다.

술자리에서 그는 다변가였다. 느리지만 정확한 언어를 구사했고, 토론을 즐겼다. 궁금한 것이 있으면 꼬치꼬치 물었다. 정말 알고 싶어하는 그의 눈빛과 표정에서 청년의 열정이 느껴졌다. 그런 모습이 내 안에서 게으르게 잠자던 나의 열정을 자극했고, 그래서 우리의 술자리는 이야기가 늘 넘쳐흘렀다. 그토록 친밀하게 지냈음에도 그의 개인사는 거의 모르고 있었다. 그는 개인사에 대해서는 침묵하다시피 했다. 왜 혼자 사는지도 말하지 않았다. 자신의 생애를 감추고 싶어하는 마음이 눈에 보였다. 자신의 생애 앞에서는 유령이 되고 싶어하는 게 아닐까,라는 생각까지 들 정도였다.

"베이징이 너무 밝아졌소."

왕푸징 둥안(東安) 시장 구석진 곳에 있는 주막 궈커(過客)의 목로에서 창밖을 물끄러미 바라보던 워이커씽 씨가 나지막이 말했다. 무슨 뜻으로 하는 말인지 몰라 가만히 있었다.

"옛날에는 갓이 달린 전구밖에 없었소. 그 빛에 비치는 사람과 사물의 모습들이 어스레하고 부드러웠소. 그래서 숨을 곳이 많았소. 공간 속에 또다른 공간이 있었으니. 겹의 공간에서는 눈이 깊어질 수밖에 없소. 하지만 언젠가부터……"

그가 말을 멈춘 것은 내 휴대폰이 울렸기 때문이다. 화면을 보니 서울 전화번호였다. 수신을 선택하자 국제부장의 목소리가 흘러나왔다.

"자네 「패왕별희」를 보았나?"

의례적인 인사말을 주고받은 후 나온 말은 뜻밖에도

「패왕별희」였다.

"경극「패왕별희」말입니까?"

예기치 않은 질문에 나는 얼떨떨한 목소리로 물었다.

"홍콩 배우 장국영이 출연한 영화「패왕별희」말일세."

"봤습니다."

"그 영화, 어땠나?"

"부장님은 그 영화를 몇번 보셨습니까?"

"한번 보았네만……"

"전 네번 보았습니다. 극장에서 두번, 디브이디로 두번입니다."

"오, 팬덤 급이군. 뭐가 그리 좋던가?"

"이야기의 힘이 센데다 장궈룽의 연기가 압권이죠."

"장궈룽?"

"아, 장국영의 중국식 발음입니다."

"그러면 나도 장궈룽이라 해야겠군. 아무튼, 자넨 어느쪽에 더 마음이 가던가?"

"어느 쪽이라뇨?"

"장국영…… 아니 장궈룽이지. 장궈룽과 샤오러우의 관계와 샤오러우와 공리의 관계 말일세."

하마터면 소리 내어 웃을 뻔했다. 영화「패왕별희」는 경극의 대표적 작품「패왕별희」의 주인공 패왕과 우희를 전문으로 연기하는 두 배우를 중심으로 펼쳐지는 이야기다. 장펑이가 연기한 샤오러우는 패왕 역 전문배우이며, 장궈룽이 연기한 데이는 우희 역 전문배우이다. 극 속에서 우희가 패왕을 사랑하듯, 데이는 샤오러우를 사랑한다. 극 속의 사랑이 현실의 사랑으로 옮겨간 것이다. 하지만 샤오러우는 극과 현실을 구분하는 이성적 인물이다. 그는 자신을 향한 데이의 동성애적 감정을 모른 채 술집에서 만난 쥐셴을 사랑하여 결혼까지 한다. 쥐셴은 공리가 연기했는데, 부장은 배우와 영화 속 인물의 이름을 뒤섞어 물은 것이었다.

"장궈룽의 연기 때문인지 그쪽으로 마음이 더 가더군요."

"자넨 데이의 자살을 어떻게 생각하나?"

부장이 영화 이야기를 하려고 전화한 건 아닐 텐데, 질문의 내용이나 목소리의 톤이 지나가는 듯한 말이 아닌 것 같아 이상한 느낌이 들었다.

"제겐 미학적 죽음으로 보이던데요."

"미학적 죽음이라…… 슬픈 말이군."

독백을 하듯 중얼거리는 목소리였다.

"장궈룽의 죽음도 그렇게 보아야 하나."

여전히 중얼거리는 목소리인데다 말의 내용이 모호해 당황스러웠다.

"무슨 말씀인지……"

"장궈룽이 죽었네. 우희처럼 말일세."

"네?"

"오늘 저녁 6시 조금 넘어 홍콩의 만다린 오리엔탈 호텔 24층에서 투신했네."

머릿속이 하얘졌다.

"자살인가요?"

"그런 것 같네."

"유서는요?"

"그건 자네가 취재해야지."

"아, 네."

"베이징에서 홍콩까지 비행시간이 얼마나 걸리지?"

"세시간입니다."

"오늘은 늦었으니 내일 떠나게. 취재를 충분히 하도록. 주목도가 높은 사건이니까."

부장은 「패왕별희」를 다시 한번 봐야겠다고 말한 후 전화를 끊었다. 누군가의 얼굴이 희미하게 떠올랐다. 여자이면서 남자이고, 데이이면서 우희이며, 데이로 변신한 장궈룽이었다. 방금 들은 부장의 목소리가 꿈속에서 들린 것처럼 비현실적으로 느껴졌다. 부장의 말에 의심까지 일었다. 위이커씽 씨가 무슨 일이냐고 눈빛으로 물었다.

"홍콩 배우 장궈룽을 아시는지요?"

내가 그렇게 물은 것은 워이커씽 씨에게서 영화 이야기를 들은 적이 없었기 때문이다. 장궈룽이 아무리 유명한 배우라 해도 영화에 관심이 없는 이에게는 무명인일 뿐이다. 장궈룽이 자살했다고 말하면 장궈룽이 누구요? 하고 물을지도 모른다고 생각한 것이었다. 그는 안다는 듯 고개를 끄덕였다.

"영화 「패왕별희」를 보셨어요?"

그가 보았기를 은근히 기대했다. 「패왕별희」와 장궈룽의 자살을 놓고 그와 이야기를 나누고 싶었다. 그는 나를 물끄러미 보더니 다시 고개를 끄덕였다.

"장궈룽이 24층에서 투신했는데, 자살로 보인다더군요."

워이커씽 씨의 눈썹이 비스듬히 추켜올라갔다. 입이 약간 벌어졌고, 안색까지 창백해졌다. 충격을 받은 기색이 역력했다. 가까운 이의 부고를 들은 듯한 표정이었다. 뜻밖이었지만 이유를 모르는 나로서는 그의 말을 기다릴 수밖에 없었다. 하지만 그는 좀처럼 입을 열지 않았다. 고개를 약간 숙인 채 침묵했다. 움직임이 전혀 없는 석고상 같은 모습에서 그가 받은 충격의 밀도가 느껴졌다.

"배우는……"

그는 고개를 들면서 힘겹게 입을 뗐다. 눈빛이 흐렸고,

안색은 여전히 창백했다.

"신비로우면서도 끔찍한 존재이오. 자신의 정체성을 끊임없이 바꾸어야 하니까 말이오. 삶의 많은 시간을 몽유의 상태, 다중인격의 상태로 살아야 하는 거요."

잠겨 들어가는 목소리였다.

"내가 장궈룽을 처음 만났을 때 장궈룽은 몽유의 세계, 다중인격의 세계로 들어가려고 간절히 노력하고 있었소."

"어떻게 장궈룽을……"

혼란스러웠다. 그가 장궈룽을 모를 수도 있다고 생각한 내가 어처구니없게 느껴지면서 정말 유령 같은 사람이라는 생각이 들었다.

"장궈룽을 만난 건 첸 때문이었소."

"첸이 누구지요?"

"「패왕별희」의 감독 첸카이거 말이오."

나는 멍하니 그를 보았다.

"1992년 가을이었소. 첸이 찾아와 경극 「패왕별희」를 소재로 영화를 만들고 있는데 내 도움이 필요하다고 했소. 내가 도울 게 뭐가 있느냐고 했더니 영화의 주연인 장궈룽이 메이란팡과 함께 공연한 사람을 만나고 싶어 한다는 거요."

메이란팡은 「패왕별희」의 우희를 가장 잘 연기했다고

평가받는 경극 배우로, 청나라 말기부터 중화민국을 거쳐 중화인민공화국에서 배우 활동을 하다가 1961년 사망했다. 본래 지방극에 불과했던 경극이 고전예술로 정착하기까지 수많은 천재가 요구되었는데, 그들 가운데 가장 이름을 떨쳤던 이가 메이란팡이었다.

"난 배우로 연기한 적이 없어 도움이 안 될 거라고 했더니 첸은 그렇게 생각했다면 찾아오지도 않았을 거라면서 꿈쩍도 하지 않았소."

"선생님이 메이란팡과 어떤 관계였기에 첸 감독이 선생님을 찾았나요?"

"얼후(二胡)라는 악기를 아시오?"

"조금은 압니다."

얼후는 한국의 해금처럼 줄을 활로 켜서 소리를 내는 중국 전통 현악기다.

"난 젊은 시절 한때 얼후를 연주했었소."

그가 얼후를 연주했다는 말도 처음 들었다.

"1957년 10월 메이란팡은 시안에서 뤄양까지 순회공연을 했소. 그 공연이 나의 첫 무대 연주였소."

당시 그의 나이를 계산해보니 열아홉이었다.

"그후에도 메이란팡과 공연하셨나요?"

"내 연주가 그분의 마음에 들었던 모양이오. 공연 때마다 날 불렀으니. 그분의 마지막 공연은……"

그의 눈가에 가느다란 주름이 잡혔다.

"1961년 5월이었소. 그로부터 3개월 후 돌아가셨소."

세상과 동떨어진 채 그림자로 떠도는 유령처럼 느껴졌던 그에게서 구체적이며 역사적이기까지 한 모습이 떠올라 현기증이 일었다.

"첸 감독과 선생님의 관계도 궁금하군요."

"그건 첸에게 물어보시오."

그는 희미하게 웃으며 말했다.

2

첸카이거를 본 것은 4월 8일 장궈룽의 영결식장에서였다. 그는 슬픈 목소리로 추도사를 했다.

"장궈룽이 고개를 숙이며 상냥한 눈으로 미소를 짓는 사진이 있습니다. 그것을 본 순간의 감정이 지금 가슴 저리게 떠오릅니다. 그 사진 속에서 장궈룽은 생의 끝을 알고 있는 듯한 표정을 짓고 있었습니다. 저는 이건 변덕스러운 내 주관적 느낌일 뿐이야,라고 생각했습니다. 그러고는 잊었습니다. 어쩌면 잊으려고 노력했는지 모릅니다.

이제 우리는 더이상 우리를 바라보는 장궈룽의 눈을 볼 수 없습니다. 너무 아름다워 견디기 힘들었던 그 눈을 말입니다."

영결식은 정오 무렵 마쳤다. 운구차는 장례식장을 빠져나와 화장장으로 향했다. 그날 아침 일찍부터 검정색 상복 차림의 장궈룽 팬들이 장례식장으로 몰려들었다. 좋은 자리를 차지하려고 사진기자들과 몸싸움까지 벌였다. 들어가지 못해 장례식장 주변 도로에서 기다리던 이들은 흰 꽃으로 장식된 운구차가 나오자 울음을 터뜨렸다.

장궈룽의 시신이 화로 속으로 들어가는 동안 키가 껑충하게 큰 첸카이거는 나무처럼 서 있었다. 구부정한 등에서 슬픔이 짙게 묻어났다. 시선을 느꼈는지 그가 돌아보았다. 내 신분을 밝히자 그는 엷게 미소 지으며 한국 영화로부터 많이 배우고 있다고 말했다.

"감독님을 만나면 꼭 묻고 싶은 게 있었습니다."

그는 자신이 대답할 수 있는 질문이면 좋겠다고 말했다.

"감독님의 책 『나의 홍위병 시절』에 어린 시절의 추억을 그린 부분이 있습니다. 거기에 '호두알 두개를 손바닥에 굴리며 하늘 멀리 날아가는 비둘기 떼를 처다보노라면 비둘기 발목에 매단 피리 소리가 구름의 메아리처럼 상쾌하게 들려왔다.'라는 문장이 나옵니다. 생각나시는지요?"

『나의 홍위병 시절』은 첸카이거가 유년시절부터 중학교에 입학하여 문화대혁명을 겪으며 청년으로 성장하는 과정을 그린 자전 에세이로, 1991년 일본에서 출판되었고 그해 한국어 번역본이 나왔다. 중국에서는 문화대혁명에 대한 비판 때문에 2001년이 되어서야 출판되었다.

"물론 생각이 나지요."

"그 문장에서 '비둘기 발목에 매단 피리 소리'가 어떤 뜻으로 쓰였는지, 궁금합니다."

"그걸 은유적 표현으로 보셨군요."

"네."

피리 소리를 비둘기 발목에 달 수 없으니 은유로 볼 수밖에 없었다.

"베이징에 오래 산 사람은 비둘기 발목에 피리 소리를 달 수 있습니다."

그는 싱긋 웃으며 말했다.

"베이징의 비둘기 풍경은 세월과 함께 많이 달라졌습니다. 내가 어릴 적만 해도 비둘기 키우는 사람이 많았습니다. 그들은 종종 비둘기 꽁지나 발목에 피리를 달아 하늘로 날렸습니다. 그 피리는 일반적인 피리와 조금 다릅니다. 조롱박이나 대나무 등을 얇게 깎아 만드는데, 입으로 불면 소리가 나지 않습니다. 비둘기가 날 때 공기와의 마찰로 발목에 달린 피리 안으로 바람이 들어오면 소리가 나는 구조이니까요. 비둘기의 비행 속도와 몸짓의 변화에 따라 피리 소리가 달라집니다. 부드럽고 은은한 소리가 나는가 하면, 웅장하고 우렁찬 소리도 납니다. 목을 빼고 하늘을 나는 비둘기를 보고 있노라면 간혹 무어라고 표현하기 힘든 아름다운 소리가 들려와 가슴이 설렜지요. 그 책을 보셨으니 내 첫 이름이 흰 비둘기였다는 사실을 아시겠네요."

그의 표정과 목소리에서 친밀감이 느껴졌다.

"이름을 이렇게도 지을 수 있구나, 생각했지요."

카이거(皚鴿)의 애(皚)는 순백을 의미하고, 합(鴿)은 비둘기를 의미한다. 그가 태어난 1952년 베이징에서 열린 '아시아 태평양 평화회의'의 상징이 피카소의 비둘기였다. 첸카이거의 부모는 그 상징을 아이 이름으로 삼은 것이었다.

"열세살이 되었을 때 내가 흰 비둘기를 닮지 않았다는 사실을 불현듯 깨달았습니다. 그러자 나라는 존재 자체가 거짓처럼 느껴지면서 견디기 힘들 정도로 이름이 불편해졌습니다. 부모님을 조른 끝에 발음만 같은 카이거(凱歌)로 바꾸었습니다. 개선가라는 뜻이지요."

"열세살 소년의 기상이 느껴지는 이름이네요."

나의 말에 그는 쓸쓸히 웃었다.

"돌이켜보면 지나친 자의식이었지만 그땐 그랬습니다. 어머닌 그런 아들을 슬프고 걱정스러운 표정으로 바라보셨지요. 어머니가 돌아가셨다는 소식을 듣는 순간 그때의 어머니 표정이 떠오르더군요. 당시 뉴욕에 머물고 있던 때라 임종을 지키지 못했습니다."

그는 1987년부터 3년 동안 뉴욕대학 영화과 객원교수로 있었다.

"세상을 떠나시기 직전 어머니는 흰 비둘기는 날아갔다, 나를 떠나 멀리 가버렸다,라고 겨우 들리는 목소리로 말씀하셨다고 나중에 들었습니다. 장궈룽의 죽음을 접하자 어머니의 그 말이 떠오르면서 장궈룽이 흰 비둘기처럼 느껴졌습니다. 날개 소리만 남겨놓고 어디론가 사라져버린……"

그늘진 그의 얼굴이 쓸쓸해 보였다.

"장궈룽이 「패왕별희」 촬영을 앞두고 메이란팡과 함께 공연한 사람을 찾았다죠."

"그걸 어떻게 아십니까?"

그는 눈이 휘둥그레졌다.

"워이커씽 선생에게 들었습니다."

"그분을 어떻게……"

"베이징 특파원 생활을 하면서 만난 이들 가운데 제가 가장 좋아하는 분입니다."

"아, 그래요! 한국 기자가 워이커씽 선생을 좋아하신다니 무척 기쁩니다. 그분을 뵌 지 오래됐군요. 잘 계시는지요?"

"술과 담배를 여전히 즐기십니다. 두 분의 관계가 궁금해 물었더니 감독님에게 물어보라고 하시더군요."

"기자 선생은……"

그는 나를 물끄러미 보았다.

"나에게 장궈룽과 함께 워이커씽 선생의 이야기도 듣고 싶어 하시는군요."

"워낙 수수께끼 같은 분이라……"

"나에게도 수수께끼 같은 분입니다. 아무튼 여긴 워이커씽 선생 이야기까지 하기에는 적절한 장소가 아닌 것 같네요. 내일 저녁에 다시 만나면 어떨까요?"

"감사합니다."

"술을 즐기시는지요?"

"워이커씽 선생만큼은 아니지만……"

나의 말에 그는 빙그레 웃었다.

3

"이 식당을……"

첸카이거는 식당 안을 찬찬히 돌아보며 말했다.

"1950년대 홍콩 식당으로 생각하셔도 됩니다. 바닥과 벽의 타일 장식을 보세요. 옛 모습 그대로입니다. 와인 좋아하세요?"

"좋아하지요."

나는 벙긋 웃으며 말했다.

"이 집 딤섬은 와인과 썩 잘 어울립니다. 홍콩의 딤섬은 중국요리로 출발해 세계의 요리로 변화했습니다. 동서양 여러 나라의 대표 요리를 축약하여 딤섬에 담아내지요. 한국식 불고기 양념을 쓴 소고기 딤섬도 있습니다. 하지만 이곳의 딤섬은 다릅니다. 1950년대 딤섬 맛을 고스란히 간직하고 있습니다. 중국요리로서의 딤섬이지요."

"어떤 맛인지 기대가 되네요."

"워이커씽 선생도 이 테이블에서 딤섬과 함께 와인을 드셨지요. 중국 독주만 좋아하시는 줄 알았는데, 와인을 의외로 즐기시더군요."

"그분이 여길 오셨군요."

"장궈룽이 초청을 했습니다. 「패왕별희」 촬영을 끝내

고 홍콩으로 돌아간 지 한달쯤 지났을 때였습니다. 무슨
일로 장궈룽과 몇차례 통화했는데 위이커씽 선생을 진심
으로 보고 싶어 하더군요. 그럴 만도 했지요. 장궈룽이 데
이 역을 훌륭히 해내기까지 그분의 역할이 컸으니까요.
아, 잠깐만요."

그는 일어나 카운터로 가더니 레드 와인 한병과 오프
너를 들고 와 능숙한 솜씨로 코르크 마개를 땄다.

"코르크가 병에서 빠져나갈 때의 소리를 들으면 기분
이 상쾌해집니다. 장궈룽은 이런 내 모습을 보면서 즐거
워했지요."

그는 쓸쓸히 웃었다.

"난 장궈룽을 「패왕별희」 배역이 결정되고 나서야 만
났습니다. 데이 역에 처음부터 장궈룽을 선택한 게 아닙
니다. 내가 점찍은 이는 중국계 미국 배우 존 론이었습니
다. 베르톨루치 감독의 「마지막 황제」에서 황제 역을 연
기한 배우였지요."

1988년 미국 아카데미 시상식에서 아홉개의 상을 받은
「마지막 황제」는 청 왕조의 마지막 황제이며 후에 만주국
황제가 된 선통제 푸이의 생애를 그린 영화로, 중국 당국
이 쯔진청(紫禁城)에 영화 촬영을 허락한 최초의 영화였다.

"존 론을 선택한 가장 큰 이유는 그가 황제 푸이를 연

기했기 때문입니다."

그는 와인 잔을 가볍게 돌리며 말했다.

"데이는 매춘부의 자식이자 동성애자이며, 극과 현실을 구분하지 못하는 몽상가입니다. 이런 데이의 생애 속으로 중국의 험난한 역사가 황하의 탁류처럼 휩쓸고 들어와 그의 여린 영혼을 갈기갈기 찢고는 어디론가 사라져갑니다."

1925년부터 1977년까지 군벌시대, 일제침략, 국민당 시대, 공산당의 대륙 통일, 문화대혁명으로 이어지는 중국의 파란만장한 역사가 영화 「패왕별희」의 서사를 관통한다.

"난 이런 상상을 했지요. 존 론의 내면 어느 구석에서 간신히 숨 쉬고 있을 황제의 영혼이 데이의 생애 속으로 흘러들어가 데이의 파란만장한 삶을 함께 겪는."

"황제의 혈통과 매춘부 혈통의 삶이 뒤섞이는 상상이군요."

"아무튼 나의 상상은 얼마 후 쓸모없게 되어버렸습니다. 스케줄 문제로 존 론의 출연이 무산되었으니까요. 그 무산이 데이 역을 장궈룽에게 가게 했지요. 난 데이 역을 맡아줘서 기쁘다고 장궈룽에게 말했지만 마음속으로는 불안했습니다. 경극은 중국 대륙의 삶이 수천년에 걸쳐 응축되어 형성된 예술입니다. 하지만 장궈룽은 대륙의 삶을 경험한 적이 없습니다. 그가 광둥어를 쓰는 것도 걱정거리였습니다."

대륙의 중국인들은 홍콩의 광둥어를 알아듣지 못한다. 대륙인이 광둥어를 불편 없이 구사하려면 홍콩에서 1년은 살아야 한다고 들었다.

"장궈룽은 나의 불안을 느꼈던 것 같습니다. 나를 말끄러미 보더니 예술은 남성도 여성도 아니기 때문에 진정한 예술가는 남성성과 여성성을 모두 표현할 수 있어야 한다면서, 자신 속에는 남성성과 여성성이 골고루 있으니 자신이 곧 데이라고 청아한 목소리로 말하더군요. 그의 목소리에서 자신감과 진정성이 느껴져 불안이 다소 누그러졌습니다."

첸카이거는 장궈룽이 촬영 시작 두달 전부터 베이징에 와서 경극 연습을 했다면서, 학습 능력이 뛰어나 경극 전문연기자라도 몇달을 연습해야 취할 수 있는 동작을 열흘만에 해내 주변을 놀라게 했다고 말했다.

"그럼에도 장궈룽은 괴로워했습니다. 그의 괴로움이 눈에 환히 보였습니다. 감독으로서 걱정이 될 수밖에요. 무슨 문제가 있느냐고 조심스레 물었더니 데이의 신체적 특성 습득은 자신이 원하는 방향으로 나아가고 있으나 데이의 영혼은 좀처럼 잡히지 않는다고 하더군요. 가슴이 철렁했습니다. 감독의 입장에서 가장 곤혹스러운 상황이 배우가 인물에 제대로 몰입하지 못할 때입니다. 무언가를 골똘하게 생각하던 장궈룽은 메이란팡과 함께 공연한 배우를 만나면 도움이 될지도 모르겠다고 말했습니다. 나는 찾아보겠다고 했지만 그런 배우가 있을 것 같지 않았습니다. 메이란팡이 사망한 지 30년이 넘은 데다 문화대혁명 때 혹독한 박해를 받으면서 경극 판이 풍비박산이 되어버렸으니까요. 메이란팡이 문화대혁명 이전에 세상을 뜬 것은 그분에게는 물론 중국 예술사의 측면에서도 무척 다행이었지요."

그는 착잡한 표정으로 말했다.

"예상대로 장궈룽이 원하는 사람을 찾지 못했습니다. 그 사실을 알리면서 메이란팡의 공연에서 얼후를 연주한 분이 있다고 했습니다. 장궈룽은 곰곰이 생각하더니 그분이라도 만나고 싶다고 하더군요. 내가 워이커씽 선생을 떠올린 건 선생의 희귀한 개성이 연기의 출구를 간절히 찾고 있는 장궈룽에게 도움을 줄 수 있을지도 모른다는 막연한 희망 때문이었습니다."

장궈룽과 함께 워이커씽 선생을 만나러 간 날 안개가 뒤섞인 가랑비가 내렸다고 했다.

"우린 자동차에서 내려 후퉁(胡同)*의 좁은 골목길을 걸었습니다. 우리가 들어간 곳은 술도가에 딸린 작은 방이었습니다. 등잔을 켜놓은 방 안이 어스레했습니다. 낡은 나무 탁자에는 잘 구워진 두부와 반쯤 비어 있는 바이주(白酒) 병이 있었습니다. 우리가 늦게 온 게 아니라 선생이 먼저와 바이주를 마시고 있었던 겁니다. 우린 그분이 따르는 바이주를 얌전히 받았습니다. 장궈룽을 물끄러미 바라보던 선생은 어린 데이는 육손이었지, 하고 말했습니다."

「패왕별희」 초반 매춘부인 어머니가 어린 아들 데이를 맡기러 경극 학원을 찾는다. 하지만 사부는 데이의 오른손 엄지손가락 옆에 손가락 하나가 더 달려 있는 것을 보고 육손이는 배우가 될 수 없다면서 차갑게 거절한다.

"선생은 사부에게 거절당한 데이 어머니가 경극 학원을 나와 식칼로 아들의 여섯째 손가락을 단숨에 자르는 장면을 이야기하면서 왜 그런 모진 선택을 했을까? 하고 물었습니다. 장궈룽이 머뭇거리자 선생은 그녀의 삶 혹은 운명이 아들과 함께 사는 것을 허락하지 않았기 때문이지,라고 말하며 장궈룽을 가만히 보았습니다. 그를 바

* 베이징의 구 도심에 위치한 옛 골목길.

라보는 선생의 표정이 따뜻했습니다. 장궈룽의 얼굴에 엷은 홍조가 비쳤습니다. 그도 선생의 따뜻한 시선을 느꼈으니까요. 잠시 후 선생은 버려진 아이는 언제나 어머니를 기다려. 자신이 버려졌다는 사실을 받아들일 수 없으니까. 어린 데이도 그랬지. 어머니의 운명을 알 턱이 없으니, 하고 말했습니다. 선생의 목소리는 슬펐습니다. 꾸며낸 슬픔이 아니었습니다. 마음 깊은 곳에서 우러나오는, 마치 어린 데이가 선생의 가슴속에 깃든 듯한 슬픔이었습니다."

첸카이거의 눈길이 창에 닿아 있었다. 창 너머로 거무스레한 바다가 보였다.

"술잔을 손에 쥔 채 상념에 빠져 있던 선생이 시선을 다시 장궈룽에 두면서, 떨어져 나간 그 손가락이 데이의 마음에서도 떨어져 나갔을까? 하고 물었습니다. 하지만 선생은 장궈룽의 대답을 기다리지 않았습니다. 그건 불가능해. 떨어져 나간 손가락이 어머니였으니. 선생의 목소리에 깃든 슬픔이 여전히 깊었습니다. 지붕에서 빗방울 떨어지는 소리가 들렸습니다. 그 사이 가랑비가 굵어졌던 것입니다. 빗방울 소리가 우리 모두의 마음을 토닥이는 듯했습니다. 선생의 목소리가 먼 데서 들려오는 것 같은 느낌이 든 것은 빗방울 소리 때문이었을 겁니다. 데이의 마음 가장 깊은 곳에, 그 어두운 곳에 손가락은 하얗게 빛나고 있었겠지,라는 목소리가 말입니다."

첸카이거의 목소리도 슬프게 들렸다.

"그날 이후 장궈룽은 달라졌습니다. 데이의 영혼을 붙잡았기 때문입니다. 자신의 영혼을 지우거나 구석으로 밀어넣고 다른 영혼을 받아들이려면 특별한 에너지가 필요합니다. 일상의 에너지와는 전혀 다른 종류의 에너지이지요. 여기에서 배우의 존재성이 태어난 곳을 찾아 물살을 거슬러 올라가는 연어의 존재성과 만나게 됩니다. 연어가 물살을 거슬러 올라가려면 연어라는 생명체가 가진 에너지보다 훨씬 더 많은 에너지를 필요로 합니다."

그것은 근본적으로 다른 성격의 에너지로, 연어는 그것을 획득할 수 있는 지점을 찾는다고 첸카이거는 말했다.

"그 지점은 물살이 가장 강력한 원심력을 일으키는 곳입니다. 원심력은 연어가 가진 에너지를 몇배로 끌어올립니다. 연어는 그 힘을 바탕으로 도약합니다. 배우에게도 그런 도약의 지점이 있습니다. 장궈룽이 괴로워했던 건 자신의 영혼을 데이의 영혼으로 바꿀 수 있는 도약의 지점을 찾지 못했기 때문입니다. 워이커씽 선생은 그런 장궈룽을 절묘하게 도약의 지점으로 데리고 간 것입니다."

장궈룽은 부모의 이혼으로 어린 시절부터 외롭게 자랐

다. 언젠가 인터뷰에서 아버지와 살았던 기간은 5일 남짓, 어머니와 살았던 기간은 반년 남짓에 불과했다, 즐거웠던 기억이 없다, 나를 유일하게 사랑해준 분은 유모였다,고 말한 적이 있었다.

"어린 데이는 육손이었지,라고 시작한 선생의 말은 장 귀롱의 상처와 데이의 상처를 연결하는 효과를 발휘했습 니다. 장귀롱의 영혼이 데이의 영혼으로 건너갈 수 있는 다리 역할을 한 거죠. 촬영이 시작된 후 선생은 종종 촬영 장을 찾았습니다만, 장귀롱이 선생을 찾는 횟수가 더 많 았습니다. 두 사람은 술도 죽이 맞았습니다. 그들의 주량 은 제가 도저히 따라갈 수 없었지요. 촬영 중인 배우가 술 을 지나치게 마시는 게 아닌가, 걱정이 되었지만 내색하 지 않았습니다. 연기의 집중력이 기대 이상이었으니까요. 아편에 중독된 데이가 금단현상의 고통 속에서 어머니를 찾는 장면을 촬영한 날이었습니다. 촬영이 끝났는데도 장 귀롱은 계속 몸을 떨면서 누군가를 찾았습니다. 어머니였 습니다. 자신을 찾으러 올 것이라고 믿고 늘 기다렸으나 오지 않는. 그는 데이의 영혼에서 빠져나오지 못하고 있 었습니다."

추워, 엄마…… 강물이 얼겠어요. 너무 추워…… 강물 이 언다고요…… 환각 상태에서 어머니를 간절히 부르는 데이의 모습이 떠올랐다.

"난 스태프들에게 조용히 나가라는 손짓을 했습니다. 스태프들이 나가자 구석진 곳에 가만히 앉았습니다. 데이에서 빠져나오지 못하는 그가 경이롭기도 했고 안쓰럽기도 했습니다. 시간이 지나면서 떨림이 가라앉더군요. 그는 나를 보자 어색하게 웃었습니다. 안색이 너무 창백해 잿빛이었습니다. 난 엄지손가락을 치켜올리며 오늘 연기가 너무 훌륭했다고 말했습니다. 그는 입가에 연한 미소를 지으며 워이커씽 선생이 촬영장에 오셨느냐고 물었습니다. 오지 않았다는 나의 말에 그는 낙담한 표정이었습니다. 내가 술이 생각나느냐고 했더니 뜻밖에도 선생의 얼후 연주가 듣고 싶다고 했습니다. 그분의 얼후 소리는 자신을 어딘지 알 수 없는 먼 곳으로 데려간다고 하면서, 먼 곳으로 가는 동안 자신이 새나 바람이 된 듯한 느낌에 빠져든다고 중얼거리듯 말하더군요. 그 말을 듣자 어린 시절 친구의 집 별채에서 흘러나왔던 현악기 소리가 떠올랐습니다."

첸카이거의 눈이 흐려지고 있었다.

"장궈룽은 워이커씽 선생의 얼후 연주를 서른일곱살 때 처음 들었지만 난 일곱살 때 처음 들었습니다."

그의 말에 나는 깜짝 놀랐다.

"어디서 들었는지 궁금하시지요?"

"무척 궁금하네요."

"메이란팡의 집입니다."

"네?"

"동네 친구의 할아버지가 메이란팡이었습니다. 친구는 나를 자기 집으로 자주 데려갔지요. 집에 고양이가 참 많았습니다. 어른들은 늘 바빠 가정부가 우릴 챙겨 주었지요. 검무를 추는 메이란팡의 모습을 간혹 보곤 했습니다. 어린 눈에도 춤이 무척 아름다웠습니다. 하지만 워이커씽 선생을 처음 만난 곳은 친구의 집이 아니었습니다. 거기서 멀지 않은 곳에 있는 사원터였습니다. 사원은 사라졌지만 흔적이 군데군데 남아 있었습니다. 내가 좋아한 곳은 형체만 남은 누각이었습니다. 누각 너머는 잡초가 우거진 벌판이었습니다. 그 허허로운 풍경을 보고 있노라면 내가 모르는 어떤 세계의 기척이 어렴풋이 느껴졌습니다. 그런 느낌을 가질 수 있었던 건 어머니가 자주 읽어주셨던 천가시(千家詩)*의 영향 때문이 아닌가 합니다. 어머닌 정경을 묘사한 시를 주로 읽어주셨는데, 훗날 내 영화에도 영향을 미쳤습니다."

* 당송시대의 우수한 시를 엮은 선집으로 한시 입문서로 널리 읽힘.

자랑스러움과 슬픔이 뒤섞인 목소리였다.

"그러던 어느 날 누각으로 가다 낯선 사람이 보여 걸음을 멈추었습니다. 스무살 안팎으로 보이는 남자가 누각의 그늘진 곳에 앉아 책을 읽고 있었습니다. 나는 그 사람이 친구의 집 별채 손님일지도 모른다고 생각했습니다. 이틀 전 친구로부터 할아버지 손님이 별채에 들어왔는데 굉장히 젊은 손님이라 하면서 가져온 짐을 보아 빨리 떠날 것 같지 않다는 말을 들었기 때문입니다. 책에 몰입해 있는 모습이 무척 인상적이어서 무슨 책을 읽는지 궁금해졌습니다. 간혹 책에서 시선을 떼고 벌판을 바라보는 모습도 마음에 와닿았습니다. 벌판에는 풀들이 바람에 은빛 물결을 이루고 있었습니다."

하지만 쑥스러움 때문에 말 한마디 못 건넸다고 했다.

"며칠 후 친구와 함께 별채 손님을 보게 되었는데, 제 생각이 맞았습니다. 누각에서 딱 한번 보았지만 그가 낯설게 느껴지지 않았습니다. 친한 사람을 본 듯한 느낌까지 들었습니다. 실제로 우린 그와 금방 친해졌습니다. 아이와 어른 사이에는 장벽이 있습니다. 어른이 아이를 내려다보기 때문입니다. 아이는 어른을 올려다보아야 하지요. 하지만 묘하게도 그는 우리를 내려다보고 있다는 느낌을 불러일으키지 않았습니다. 우리와 같은 높이로 서 있다는 느낌을 받았습니다. 그러니 친해질 수밖에요. 그러던 어느 날 나는 처음 본 그의 모습을 이야기하면서 그때 무슨 책을 읽었느냐고 물었습니다. 그는 눈을 반짝이며 장자,라고 대답했습니다. 혹시 장자가 시인이 아니냐는 나의 조심스러운 물음에 그는 싱긋 웃으며 자신이 가장 좋아하는 시인이라고 하더군요."

첸카이거의 입가에 미소가 어렸다.

"살구나무가 꽃 피우고 있을 때였습니다. 학교에서 돌아와보니 제가 키우던 병아리가 죽어 있었습니다. 며칠 전부터 좁쌀을 잘 먹지 않고 기운이 없어 보여 걱정을 많이 했었습니다. 시장에서 어머니를 졸라 산, 털이 버들강아지를 닮은 병아리였습니다. 난 내가 처음 키운 생명이 죽자 정서적 충격에 빠져 있었습니다."

그는 병아리의 죽음을 받아들이기가 힘들었을 뿐 아니라, 죽음이라는 생명현상 자체가 이해되지 않았다고 하면서, 그래서 누군가에게 묻고 싶고 위로도 받고 싶은데 집에 아무도 없었다고 했다.

"집을 나와 큰 길에 우두커니 서 있었습니다. 누가 나를 보았으면 눈이 먼 아이로 생각했을지도 모릅니다. 아무것도 보지 않고 있었으니까요. 버드나무 잎들이 바람에 흔들리는 소리가 들려오고 있을 때 어떤 얼굴이 떠올랐습니다. 난 친구의 집이 있는 후통을 향해 걸었습니다. 빠른 걸음도 느린 걸음도 아니었습니다. 평상시의 걸음이었습니다. 나를 바라보는 어떤 시선, 보이지 않아 정체를 알 수 없는 그 시선에 내 마음을 들키지 않도록 하기 위함이었습니다. 친구의 집 대문이 약간 열려 있었습니다. 다행이라고 생각했습니다. 친구를 만나러 온 게 아니었으니까요. 발소리를 죽이며 안으로 들어가다가 영벽(影壁)과 마주쳤습니다."

중국의 전통 주택 쓰허위안(四合院)에 들어가면 마당보다 영벽이 먼저 보인다. 마당은 영벽 너머에 있다. 영벽은 직진밖에 할 줄 모르는 귀신을 막는 역할과, 영벽에 자신을 비추면서 마음을 가다듬고 영벽에 새겨진 글귀를 읽으며 마음의 어두운 기운을 씻어내라는 목적으로 세워졌다.

"그전까지 영벽을 무심히 보았는데 그날은 달랐습니다. 영벽을 보자 병아리의 죽음과 함께 그 죽음에서 떠나지 못하는 내 모습이 보였습니다. 처음으로 내가 나를 본 듯한 느낌이 들면서 한번도 들어온 적이 없는 어떤 곳에 들어와 있다는 느낌에 사로잡혔습니다. 그 느낌이 낯설고 무서워 영벽에서 얼른 고개를 돌렸습니다. 넓은 마당에는 새하얀 햇살만 고여 있었습니다. 별채로 가야 한다는 생각이 머릿속에서 빙글빙글 돌았지만 두 발은 꿈쩍도 하지 않았습니다. 그분과 마주쳤을 때 무슨 말을 해야 할지 몰랐을 뿐 아니라 그런 나를 그분이 어떻게 생각할지, 겁이 났던 것입니다. 그렇게 엉거주춤한 자세로 서 있는데 별채에서 소리가 들려왔습니다. 처음에는 소리가 작아 겨우 들렸습니다. 투명한 현악기 소리였습니다. 그게 얼후 소리인지 제가 알 턱이 없었지요."

소리가 한줄기 빛처럼 느껴진 것도, 그 빛이 물질처럼 몸 안으로 스며든 것도, 몸 안에 작은 불이 켜지면서 차가운 몸이 따뜻해져간 것도 돌이켜보면 모두가 기적 같은 일이었다고 첸카이거는 속삭이듯 말했다.

"난 친구 집을 가만히 빠져나왔습니다. 그 일을 겪은 지 얼마 지나지 않아 그분의 모습을 볼 수 없었습니다. 별채 손님이 떠났다고 친구가 말하더군요. 손님이었으니 언젠가는 떠나리라는 걸 알고 있었지만 소중한 존재가 사라진 듯한 느낌이 들면서 슬픔이 밀려왔습니다. 그런 감정을 친구에게 보이지 않으려 애썼습니다. 장궈룽이 선생의 얼후 소리를 이야기했을 때 새하얀 햇살만 고인 마당에 우두커니 서 있는 일곱살의 내 모습이 떠오르더군요."

"워이커씽 선생을 언제 다시 만나셨나요?"

나의 물음에 그는 가만히 나를 보았다.

"기자 선생의 말을 듣고 보니……"

그의 눈이 반짝였다.

"기자 선생이 워이커씽 선생을 어떻게 만나셨는지, 궁금해지네요."

그는 와인 잔을 내 잔에 가볍게 대며 말했다.

4

워이커씽 씨를 처음 본 것은 2002년 3월 난징대학교에서 열린 '난징학살 심포지엄'에서였다. 발표자는 난징사범대 역사학부 교수와 난징 역사연구소 연구원, 일본 쓰루문과대학 교수였고, 초청자는 중일전쟁 동안 아버지가 중국에 파견된 신문사 특파원이었다는 중년의 미국인과 난징학살 생존자 세명이었다. 방청석에는 난징대학 학생들이 많았다.

난징사범대 역사학부 교수는 난징학살에 대한 민족주의적 감정에서 벗어나 중국과 일본이 공유할 수 있는 객관적 기억 공간을 찾으려 노력하는 것이 역사가의 의무라는 견해를 밝히면서, 난징학살 생존자에 대한 조사 작업 결과를 발표했다. 1997년 조사에 따르면 난징학살의 생존자 수는 2630여명인데, 그들의 기억 앞에서 언어의 무력

감을 깊이 느꼈다고 말했다. 많은 생존자들이 악몽과도 같은 기억이 되살아나는 것을 두려워했다며 그래서 자주 문전 박대를 당했다고 토로했다.

난징 역사연구소 연구원은 중일전쟁 당시 중립국이었던 영국 문서국이 2001년 11월 보내온 난징학살에 관한 외교문서의 주요 내용과 사료적 가치에 대해 발표했다. 난징학살에 관한 대부분의 사료들이 중국 측과 일본 측에서 나왔으나 영국 외교문서는 비당사국 측이 기록한 최초의 사료로, 난징학살이 부인할 수 없는 역사적 사실임을 충분히 보여준다고 말했다.

쓰루문과대학 교수는 일본 우파논단의 역사수정주의의 실체와 난징학살의 관계에 대해 발표했는데, 특별히 내 관심을 끈 부분은 중국계 미국인 작가 아이리스 장의 저서 『The Rape of Nanking』에 관한 내용이었다. 1997년 12월 미국 출판사 베이식 북스(Basic Books)에서 출판된 『The Rape of Nanking』은 난징학살에 관해 영어로 쓴 최초의 논픽션으로, 난징학살을 제대로 알지 못했던 서구사회에 충격을 불러일으켰다. 나에게는 특별한 기억을 상기시키는 책이어서 발표자가 무슨 말을 할지 무척 궁금했다.

그는 일본의 우파논단에 난징학살은 존재하지 않는 사건이기 때문에 그들에게서는 비이성적이고 비학문적 발

언과 글 들이 나올 수밖에 없다고 하면서, 이런 우파논단을 긴장시킨 책이 『The Rape of Nanking』이라고 했다. 아이리스 장의 등장은 중국계 미국인 전후 세대가 아시아 태평양 전쟁 역사를 주체적으로 들여다보기 시작했다는 표징으로, 난징학살을 중국과 일본의 문제에서 미국이 포함된 3국 문제로 끌어올렸고, 서구사회에서 잊힌 난징학살을 세계의 역사로 되살려 일본의 우파논단에 충격과 위기의식을 동시에 불러일으켰다는 것이었다.

생존자들은 자신의 체험을 증언했다. 73세 중국인 여성의 증언은 장내를 숙연하게 했다. 1937년 12월 13일 30여 명의 일본군이 난징 남동쪽에 있는 싱 루 카오 5번가로 들이닥쳤다. 그들은 문을 연 집주인을 사살했다. 울부짖는 부인에게도 총을 쏘았다. 무릎을 꿇고 비는 세입자 샤도 죽였다. 한살짜리 아이를 안고 있던 샤의 부인은 강간한 후 대검으로 죽였다. 우는 아이도 그렇게 죽였다. 옆방으로 갔다. 샤의 부모와 열여섯살, 열네살 두 딸이 벌벌 떨고 있었다. 손녀를 감싸안고 있는 두 노인을 먼저 죽였다. 두 딸은 강간하고 죽였다. 셋째 딸과 넷째 딸은 침대 담요 밑에 숨어 있었다. 일본군은 그들을 보지 못한 채 방을 나왔다. 집을 나가기 전 집주인의 두 아이마저 죽였다. 14일 후 그 집을 찾은 국제위원회 회원이 엄마의 시체 곁에서 쌀 부스러기를 먹고 있는 네살, 여덟살 아이를 발견했다. 그중의 한 아이가 하얗게 머리가 센 노인이 되어 악몽의 기억을 더듬고 있었다.

심포지엄이 마무리되고 있을 때였다. 사회자가 방청석에 특별한 분이 계신다면서 어떤 남자를 소개했다. 난징학살에 남다른 관심을 갖고 있는 재야 역사학자라고 했다. 재야라는 수식어가 묘한 느낌을 불러일으켰는데, 그가 워이커씽 씨였다. 프로그램에는 그의 이름이 없었다. 사회자는 그를 소개하는 것에 그치지 않았다. 심포지엄을 끝내기가 아쉬웠는지, 아니면 그가 심포지엄의 의의를 높일 수 있다고 생각했는지 알 수는 없지만 그를 연단에 올리려 했다. 그는 당황해하면서 손을 저었으나 사회자가 방청객의 박수를 유도하면서 거듭 요청하자 어색하게 웃으며 일어섰다. 키가 컸고, 몸집이 우람했다. 큰 덩치에 비해 얼굴은 의외로 섬세했다. 눈은 길쭉했으며, 입술은 얇았다. 둥그스름한 얼굴에 볼이 푹 꺼져 있고 턱이 작아 기묘한 인상을 불러일으켰다. 마이크 앞에서 시선을 내린 채 가만히 서 있던 그가 기침을 짧게 두번 하더니 입을 열었다.

"역사를 돌아보면 인류의 등에는 언제나 무거운 짐이 얹혀 있는 것을 목격합니다. 그중 하나가 난징학살입니다. 이십세기 역사에서 난징학살만큼 우리를 곤혹스럽게 하는 사건을 저는 찾을 수 없습니다. 아우슈비츠의 야만이 아리안 민족의 순결을 위한 것이었다면, 난징학살의 야만은 한 인간을 위한 것이었습니다. 희귀한 갑각류와 미키마우스를 좋아했고 영국식 조반을 즐겼던 한 인간을 일본인은 신으로 섬겼습니다. 난징학살의 곤혹스러움은 여기에 있습니다."

그는 정말 곤혹스러운 표정으로 방청객을 보았다.

"난징학살은 전쟁에서 공통적으로 발생하는 사건과 판이하게 다릅니다. 젊은 작가 아이리스 장이 『The Rape of Nanking』에 적시했듯이 중국의 한 도시에 지나지 않는 난징에서 불과 6주 동안 이루어진 살육의 속도와 규모는 세계 전쟁사에서 유례를 찾을 수 없습니다. 유럽의 어떤 나라도 2차 세계대전 동안의 총사상자 수가 난징을 능가하지 못합니다. 이것은 대단히 희귀한 현상입니다. 이런 희귀함은 한 인간을 신으로 섬기는 일본인의 희귀함과 깊은 연관이 있습니다."

그가 연단에 섰을 때 느슨한 자세를 취했던 방청객들이 그의 말에 집중하기 시작했다. 나도 그랬다. 예상치 않았던 그의 등장에 시계를 힐끔 보기까지 했는데, 어느덧 수첩에 그의 말을 적고 있었다.

"일본 퇴역군인 나가토미 하쿠토는 난징에서 목을 베거나 불태워 죽이고 산 채로 파묻은 사람이 이백명이 넘는다고 인터뷰에서 말했습니다. 그가 고백하기를, 천황을 제외한 모든 사람의 목숨, 심지어 자신의 목숨조차 가치 없는 것이었기 때문에 살인이 어렵지 않았다고 했습니다."

그의 목소리에 괴로움이 배어 있었다. 파리한 얼굴에도 괴로움이 역력히 보였다. 어깨를 움츠린 모습은 자신을 작게 보이고 싶어하는 것처럼 느껴졌다.

"난징학살의 근원은 천황입니다. 천황은 인간을 초월하는 존재입니다. 인간을 초월하는 존재에게 인간세계에서 벌어진 일로 책임을 물을 수는 없습니다. 천황에게 책임을 물을 수 없다면 천황의 신민에게도 책임을 묻지 못합니다. 이런 어처구니없는 모순을 일본인은 태연히 받아들입니다."

인류사에서 천황 이데올로기만큼 불가사의한 이데올로기를 찾는다는 것은, 자신의 판단으로는 불가능하다고 그는 말했다.

"난징과 대척적인 공간이 히로시마입니다. 난징이 지옥이었듯이, 히로시마도 지옥이었습니다. 히로시마의 지옥을 들여다보고자 한다면 두 사람의 기록을 읽어보라고 권하고 싶습니다."

난징의 지옥이 갑자기 히로시마의 지옥으로 바뀌자 방청객들이 어리둥절해졌다.

"두 사람이란 의사였던 하치야 미치히코와 미국의 작가 존 허시입니다. 하치야는 원자폭탄이 투하된 1945년 8월 6일부터 9월 30일까지 히로시마에서 일어난 일들을 기록했습니다. 허시는 원자폭탄이 투하된 후 히로시마를 찾아 피해자 여섯 사람을 만나 그들의 체험을 기록했습니다. 하치야와 허시의 기록에는 과장이 없습니다. 과장이 없다는 것은 진실이 깃들어 있을 가능성이 높다는 뜻입니다."

일본인에게 히로시마는 아우슈비츠와 함께 2차 세계대전의 상징으로 자리 잡았다. 일본은 침략국이었다. 중국과 동남아시아 국가들을 침략했고, 미국의 진주만을 습격했다. 그럼에도 일본인이 그 전쟁을 희생자의 관점으로 보려고 하는 것은 히로시마 때문이다. 인류사에서 유일무이한 원폭 희생국가가 일본이다. 대부분의 일본인에게 히로시마는 민족의 고난이 집약된 신성한 도시이다. 히로시마의 고난은 역사를 초월하며, 인류의 어떤 고난도 히로시마와 비교할 수 없다고 생각한다. 비교가 허용되는 유일한 곳이 아우슈비츠다. 난징의 죄악은 히로시마의 신성 속으로 들어갈 틈이 없는 것이다.

"1945년 8월 6일 오전 8시 15분, 거대한 섬광이 히로시마의 하늘을 갈랐습니다. 섬광은 동쪽에서 서쪽으로, 시내에서 산 쪽으로 여러 갈래의 햇살이 뻗어가는 것처럼 퍼져나갔습니다. 그것이 히로시마를 단숨에 폐허로 만들고 14만여명의 희생자를 낸 원폭의 첫 모습이었습니다. 도시 전체를 삼키는 화염을 피해 사람들은 강변으로 몰려들었습니다. 강 주위는 죽은 사람과 죽어가는 사람들, 부상자들로 아비규환이었습니다. 누군가가 강물에 떠내려가는 천황의 초상화를 발견했습니다. 그는 천황의 초상화가 강물에 떠내려간다고 외쳤습니다. 그 소리는 주변으로 금방 번졌습니다. 사람들이 너도나도 천황의 초상화가 떠내려간다고 외쳤기 때문입니다. 부상자는 물론 죽어가는 사람들도 벌떡 일어나 외쳤습니다. 천황 초상화 구조 작업은 숨 가쁘게 진행되었습니다. 보트에 탄 사람들이 마침내 천황의 초상화를 건져 올리자 기쁨의 함성이 터졌습니다. 이 이야기를 우연히 들은 하치야는 천황 초상화 구조 작업에 참여한 사람들을 일일이 찾아다니며 그들의 증언을 기록했습니다. 하치야의 기록에서 유일하게 희망으로 가득 찬 곳이 이 부분입니다."

그는 잠시 말을 멈추고는 물을 한모금 마셨다. 그의 얼굴은 여전히 괴로움에 싸여 있었다.

"허시의 기록에는 다니모토 목사가 그의 미국인 친구에게 보낸 편지가 소개되어 있습니다. 미국 에모리대학에서 신학을 공부한 다니모토 목사에게는 미국인 친구가 여럿 있었습니다. 그는 편지에 전쟁 이후 일본 역사상 참으로 놀라운 일이 일어났다고 썼습니다. 천황의 목소리를 처음 들었다는 것입니다. 1945년 8월 15일 정오 히로시마 철도역 대형 스피커에서 천황의 목소리가 흘러나왔습니다. 제국정부가 미국·영국·중국·소련에 그들의 공동선언을 수락한다는 뜻을 통고하기로 결정했다는 내용이었습니다. 항복을 그렇게 표현한 거지요. 다니모토 목사가 편지에 쓰기를, 평민에 불과한 우리에게 천황이 친히 임하셔서 옥음을 들려주시는 엄청난 축복 앞에 모든 사람들이 굵은 눈물을 흘리며 울었다고 했습니다. 이어 그는 자신의 교회 신자이며 히로시마대학 교수인 히라이와 박사 이야기를 했습니다. 원폭이 터지자 히라이와 박사는 도쿄제국대학에 다니는 그의 아들과 함께 무너진 집에 깔렸습니다. 집에 불이 붙었는데, 두 사람은 꼼짝할 수 없었습니다. 아들이 말했습니다. 아버지, 우리의 목숨을 나라에 바치기로 결심하는 것 이외에는 해야 할 일이 없군요. 천황 폐하를 위해 만세를 부릅시다. 히라이와 박사는 아들을 따라 '덴노 헤이카 반자이!' 하고 소리쳤습니다. 잘 아시겠지만 이 말은 천황 폐하 만세라는 뜻입니다. '덴노 헤이카 반자이!'를 되풀이해서 외쳤더니 마음이 고요해지고 평안해지면서 알 수 없는 힘이 솟구치더라고 했습니다. 그 힘으로 아들이 빠져나올 수 있었고, 아버지를 구했다는 것이었습니다. 히라이와 박사는 당시의 경험을 되새기면서 천황을 위해 죽겠다고 결심한 순간 아름다운 정신이 자신을 둘러쌌다고 했습니다. 그토록 아름다운 정신을 맛본 것은 평생 처음이었다고 하면서, 그 순간 자신이 일본인으로 태어난 것이 얼마나 커다란 축복인지를 절실히 깨달았다고 다니모토 목사에게 말하며 감격했다고 합니다."

그는 눈을 껌벅이며 방청객을 물끄러미 내려다보았다.

"나치 추종자들이 일본의 천황 이데올로기를 국가 형태와 국가 의식, 종교적 광신의 유일무이한 민족적 혼융이라고 하면서, 나치즘이 추구하는 것을 일본은 본능적 기질로 성취했다고 경탄한 데에는 충분한 이유가 있습니다. 일본인에게 역사란 어쩌면……"

그는 조금 머뭇거리다 말했다.

"일종의 그림자놀이일지도 모릅니다. 실체가 보이지 않는."

그림자놀이라고 말할 때 목소리가 약간 잠겼다.

"실체를 다른 말로 표현한다면 진실이라고 할 수 있을

것입니다."

여기에서 그는 자신의 이야기를 마쳤다. 불청객이 말을
너무 많이 한 것 같아 송구스럽다면서 정중히 인사한 후
연단에서 내려왔다.

5

"워이커싱 선생이 난징학살에 그토록 깊이 관심을 갖
고 계신 줄은 몰랐네요."

첸카이거는 무척 놀란 듯한 표정으로 말했다.

"묘하네요. 제가 아는 건 감독님이 모르고, 감독님이 아
는 건 제가 모르니……"

"그렇군요."

중얼거리는 듯한 목소리였다.

"일본 역사에 대한 선생의 혜안도 놀랍군요. 일본에 자
주 가신다는 건 알고 있었지만……"

"일본에 자주 가신다고요?"

"나도 그 사실을 몰랐다가 「황토지」 덕분에 알게 되었
습니다."

첸카이거의 데뷔작 「황토지」는 1985년 로카르노 영화

제에서 은표범상을 수상하면서 그의 이름을 세계 영화인들에게 알렸을 뿐만 아니라 문화대혁명을 거치면서 허물어져버린 중국 영화에 희망의 불을 밝힌 작품이었다.

"「황토지」를 만들면서 워이커씽 선생을 많이 생각하게 되었습니다. 내가 영화감독이 된 데에는 선생의 역할을 빼놓을 수 없었기 때문입니다. 촬영이 끝나갈 무렵 선생을 찾아야겠다고 결심했습니다. 나의 첫 영화를 그분에게 보여주고 싶었습니다. 그래서 친구를 찾아갔지요. 메이란팡의 손자 말입니다. 친구는 선생이 일본에 체류하고 있다는 사실을 알려주었습니다. 한번 가시면 언제 돌아오실지 모른다고 하면서 그전부터 일본 문화와 역사에 관심이 많았다고 하더군요. 일본에 사는 지인이 거처를 제공한다고 들었습니다. 다행스럽게도 친구 아버지를 통해 선생의 거처를 알아냈습니다. 편지로 근황과 함께 선생을 찾게 된 이유를 이야기했지요."

답장이 금방 와서 무척 반가웠다고 그가 말했다.

"워이커씽 선생이 최근에 일본을 가신 적은 있나요?"

"작년 12월 도쿄에서 보름 정도 머무신 걸로 알고 있습니다. 아무튼 오늘 워이커씽 선생의 또다른 모습을 알게 되었네요."

그러면서 멋쩍게 웃었다.

"나이를 먹으면 유년시절의 기억이 가물가물해지기 마련입니다. 하지만 일곱살 때 들었던 선생의 얼후 소리만은 세월을 비켜가 있습니다. 늙은 나를 순식간에 일곱살 아이가 서 있던 친구 집 마당으로 데려가니까요. 마당에 고인 흰 햇살까지 떠오릅니다. 그건 한 생애를 살면서 아주 드물게 만나는 귀한 행운이지요."

"그런 귀한 행운이 감독님을 영화에 투신하도록 했나 보군요."

"직접적으로 영향을 미친 건 두번째 만남이었습니다만 첫번째 만남이 없었다면 두번째 만남도 없었을 터이니 그걸 구별한다는 게 무의미하지만요."

그는 이제 두번째 만남을 이야기할 차례라고 하면서 손가락으로 자신의 관자놀이를 가볍게 두드렸다.

"1966년 여름 우리는 학교를 떠나 베이징 교외에 있는 인민공사에서 노동을 하고 있었습니다. 숙소는 마을 소학교 교실이었습니다. 바닥에 깔아놓은 말린 보릿짚 향기와 함께 흙냄새가 교실을 떠돌았지요. 베이징의 학교로 돌아가라는 지시가 내려진 것은 7월 29일 아침이었습니다. 학교에 도착하자 나와 동급생 몇명이 학급대표로 버스에 올랐습니다. 버스가 도착한 곳은 인민대회당이었습니다. 수많은 학생들이 인민대회당 연단을 주시했습니다. 처음 연단에 올라온 이는 덩샤오핑이었습니다. 그의 억센 쓰촨 사투리가 지금도 귀에 남아 있습니다. 다음은 저우언라이였습니다. 당대의 정치 지도자 가운데 물과 가장 가까운 존재였지요. 누구에게나 스며들었으니까요. 그다음이 류사오치였습니다. 그해 5월 우린 '마오 주석을 지키자'고 목이 터져라 외쳤습니다. 당시 우리에게 마오를 해하려는 세력의 우두머리가 류사오치였습니다. 그런 그가 연설하고 있는데 장내가 갑자기 조용해졌습니다."

곧이어 무대에 환한 빛이 들어오면서 누군가가 나타났다고 했다.

"마오였습니다. 난 숨을 쉴 수 없었습니다. 가슴이 터질 듯한 감격 속에서 이게 꿈이 아닌가, 생각했습니다. 곧이어 천둥소리 같은 환성이 대회당을 덮었습니다. 마오는 오른손을 올려 우아하게 한번 흔들고는 손가락으로 왼팔 소매를 살짝 잡은 채 미소 지으며 천천히 무대 아래로 내려갔습니다. 순식간에 아무것도 아닌 존재가 되어버린 류사오치는 넋을 잃은 표정으로 마오를 보고 있었습니다."

집으로 돌아오는 길에 바람이 강하게 불었다. 난 마오 주석을 보았어. 그는 이 말을 쉼 없이 되뇌며 바람 속을 성큼성큼 걸었다. 몸이 커진 것 같기도 했고, 새처럼 가벼워진 것 같기도 했다. 후퉁으로 들어가려는데 누군가가 앞을 가로막았다.

"처음에는 누군지 몰랐습니다. 마오라는 몽상적 존재가 불러일으킨 황홀에 빠져 있었으니까요. 흐려진 시야 속에 낯익은 얼굴이 보였습니다. 친구였습니다. 친구는 며칠 전부터 날 찾았다고 빠르게 말했습니다. 왜 찾았느냐고 물었더니 별채 손님이 돌아왔다고 하더군요. 몽상에서 채 빠져나오지 못한 나는 친구에게, 네 할아버진 돌아가셨잖아, 하고 간신히 말했습니다. 친구는 아버지도 그분과 친해, 하더군요. 난 고개를 끄덕였습니다. 친구 아버진 작가였습니다. 별채 손님이 작가와 친하다는 게 당연하게 느껴졌습니다. 난 친구에게 인민공사 노동으로 오랫동안 집을 떠나 있었으니 어머니에게 인사한 후 가겠다고 말했습니다. 그러자 친구는 어서 어머니에게 가라며 내 등을 떠밀었습니다."

그가 집에서 나왔을 때 긴 여름 해가 지고 있었다. 마오와 별채 손님이 머릿속에서 떠나지 않았다. 마오가 또렷이 보였을 때 별채 손님은 마오 주변을 안개처럼 부유하고 있었고, 별채 손님이 또렷이 보였을 때는 마오가 안개처럼 부유했다. 간혹 두 사람이 뒤섞이면서 누구인지도 알 수 없는 사람으로 변했다.

"친구의 집이 보이자 마음을 가다듬으려고 심호흡을

했습니다. 7년 만에 만나는 그분에게 불안정한 모습을 보이고 싶지 않았습니다. 그때 대문이 열리면서 회색 노동복 차림의 남자가 나왔습니다. 별채 손님이었습니다. 그분은 후퉁을 느릿느릿 걸었습니다. 간혹 걸음을 멈추고 하늘을 올려다보거나 오래된 쓰허위안 앞에 놓인 대나무 수레를 유심히 들여다보는가 하면, 돌계단에 앉아 있는 노인과 이야기를 나누기도 했습니다."

후퉁을 벗어난 별채 손님이 자리 잡은 곳은 시장 입구의 노천 주점이었다.

"난 주변을 맴돌며 그분을 엿보았습니다. 그분이 노인에게 말을 걸었듯이 나 역시 그분에게 다가가 말을 걸고 싶었습니다. 그렇게 하지 못한 건 그분이 나를 기억하지 못할지도 모른다는 두려움 때문이었습니다. 그럴 경우 내가 누군지를 설명해야 하는데, 무슨 말로 나를 설명해야 할지 생각만 해도 머리가 어지러웠습니다. 집으로 돌아갈까 하는 마음이 불쑥불쑥 일었습니다만 애써 물리친 것은 그분에게 하고 싶은 말이 있었기 때문입니다. 난 어머니에게 마오 주석을 만났다는 말만 했을 뿐 정말 하고 싶었던 말은 못했습니다. 어머니의 마음을 아프게 하는 말이었으니까요. 하지만 누군가에게는 해야 했습니다. 하지 않으면 숨이 막혀 죽을 것 같았습니다."

그러면서 첸카이거는 쓸쓸히 웃었다.

"내가 그분에게 다가간 것은 하늘이 어두워지고 있을 때였습니다. 그분은 나를 올려다보며 뭐라고 말했는데, 머릿속이 뜨거워 제대로 들리지 않았습니다. 내가 알아들은 유일한 말은 카이거였습니다. 그건 나의 첫 이름이었지요. 흰 비둘기라는 뜻을 지닌. 친구에게 이름을 바꾸었다는 사실을 말하지 않았으니 그분이 나의 두번째 이름을 알 턱이 없었지요. 그 순간 이루 말할 수 없는 안도감과 함께 슬픔이 밀려왔습니다. 내가 버린 흰 비둘기가 그분의 목소리를 통해 두 날개를 펄럭이며 나에게로 왔으니까요."

그의 입가에 가느다란 주름이 잡혔다.

"아마도 넋이 나간 듯한 표정으로 서 있었을 나에게 그분은 친근한 목소리로 앉으라고 말했습니다. 내가 앉자 뭘 먹고 싶으냐고 묻더군요. 난 술이라고 대답했습니다. 그때까지 난 술을 마셔본 적이 없었습니다. 그럼에도 정말 마시고 싶었습니다. 갈증이 나면 물을 마시고 싶듯이 말입니다. 그분은 싱긋 웃더니 술잔을 내 앞에 놓고는 술을 따랐습니다. 바이주의 짙은 냄새가 확 피어오르더군요. 난 술을 단숨에 삼켰습니다. 불같은 뜨거움이 입안과 목을 지나면서 온몸으로 빠르게 퍼져나갔습니다. 그 순간

난 이미 술꾼이 되어 있었습니다. 그런 기막힌 음식을 다시 먹지 않는다는 건 불가능하다는 사실을 알았으니까요."

그는 미소를 지으며 말했다.

"그분에게 처음 한 말은 어머니에게 그랬던 것처럼 오늘 마오 주석을 보았다,였습니다. 그 말은 귓속에서 바람처럼 윙윙거렸습니다. 그러고는 지난 봄날의 밤에 혁명을 하기로 결심했다고 말했습니다. 어머니에겐 차마 하지 못한 말, 그래서 마음 깊은 곳에서 불처럼 이글거리던 말이었습니다. 난 어머니에게 숨겼던 말을 마침내 했다는 충만감과 함께, 내 말을 어떻게 받아들일지에 대한 궁금증과 두려움 속에서 그분의 말을 기다렸습니다. 나를 가만히 바라보던 그분은 왜 혁명을 하기로 결심했느냐고 물었습니다. 그 순간 머릿속이 캄캄해졌습니다. 부끄러움 때문이었습니다. 나는 잠시 머뭇거리다가 아버지가 공산당원이 되어야 하기 때문이라고 대답했습니다."

그는 와인을 입에 머금은 채 무언가를 생각하다가 이야기를 이어나갔다.

"내가 다닌 학교에는 공산당 고위 간부 집안 아이들이 많았습니다. 혁명가의 혈통을 이어받았다는 그들의 자부심은 대단했습니다. 어느 날 두 학생이 정치 논쟁을 했습니다. 논쟁에 열기가 붙으면서 목소리가 높아져가더니 마침내 육탄전이 벌어졌습니다. 덩치가 조금 큰 학생이 상대를 깔아 눕혔습니다. 깔린 학생이 네게 계급 보복이 있을 것이라고 내뱉자 깔고 앉은 학생의 안색이 하얗게 되면서 몸을 제대로 가누지 못했습니다. 깔린 학생은 공산당 고위 간부 아들이었고, 깔고 앉은 학생은 공산당원이 되지 못한 대학교수의 아들이었습니다. 내가 혁명을 하기로 결심한 데에는 마오에 대한 순정한 열정만 작용한 게 아니었습니다. 공산당 고위 간부 아들들과는 사소한 말다툼도 절대 해서는 안 되는 나의 처지도 큰 작용을 했습니다. 부끄러움은 여기에서 나온 감정이었지요. 그러한 나의 대답에 그분은 네 아버진 예술가시더구나, 라고 말했습니다. 그 순간 내 얼굴이 확 달아올랐습니다. 아버지를 예술가라고 생각해본 적이 없었으니까요. 나에게 영화는 항일전쟁과 혁명의 승리를 표상하는 정치의 한 영역일 뿐이었습니다."

국민당 가입 전력으로 공산당 당적을 갖지 못한 아버지에게 기댈 수 있는 건 영화의 정치적 위상이었다. 하지만 아버지의 영화가 당의 주목을 받지 못한다는 사실을 그는 진작부터 알았다고 했다.

"그분은 얼굴이 뜨거워진 나에게 예술가가 무얼 가장 소중하게 생각하는지 아느냐고 물었습니다. 내가 대답을 못하자 그분은 자유라고 말했습니다. 그 말이 무척 낯설게 들렸습니다. 자유가 예술과 어떤 관계 속에 있는지 몰랐으니까요. 잠시 후 그분은 아버지의 예술적 감각이 나에게로 전해진 것 같다고 말했습니다. 내가 의아해하자 그분은 병아리가 죽던 날을 생각해보라고 했습니다. 난 부끄러움에 시선을 어디에 둘지 몰랐습니다. 맙소사! 망할 놈의 자식이 그것까지 일러바치다니, 하고 마음속으로 친구를 원망하고 있는데 무슨 이유인지는 알 수 없지만 눈물이 쏟아질 것 같았습니다. 나는 허둥지둥 일어나 어머니가 기다리신다고 하면서 꾸벅 절을 하고 돌아서서 후통을 향해 빠르게 걸었습니다."

식당 주인이 딤섬을 담은 소쿠리를 탁자에 살며시 놓고 빈 소쿠리는 가져갔다.

"그로부터 한달이 채 지나지 않아 아버지는 홍위병에게 공개 심문을 받았습니다. 밤의 어둠 탓인지 내 마음의 어둠 탓인지, 아버지가 부피가 느껴지지 않는 그림자처럼 보였습니다. 아버지의 어깨띠에는 국민당 분자, 역사적 반혁명, 그물에 걸린 우파 분자,라고 적혀 있었습니다. 홍위병이 나를 불렀습니다. 나는 사람들의 시선을 받으며 앞으로 나갔습니다. 머릿속이 타는 듯했습니다. 혁명의 일탈자가 되지 않으려면, 그래서 카키색 군복을 입고 팔에 홍위병의 붉은 완장을 차려면 아버지를 규탄해야 했습니다. 내가 무슨 말을 했는지 기억에 없습니다. 아무튼 뭐라고 소리치면서 손으로 아버지의 어깨를 짓눌렀습니다. 아버지의 허리가 꺾이는 걸 느꼈습니다."

그의 눈은 허공 속 어딘가를 보고 있었다. 1966년 어느 여름밤의 풍경일 것이라고 나는 생각했다.

"그건 내 생애 최초의 연기였습니다. 하지만 연기가 서툴렀습니다. 패륜의 연기를 열네살 아이가 제대로 한다는 건 불가능했습니다. 연기를 끝내고 집으로 들어가자 어머니는 캄캄한 방에 누워 있었습니다. 내가 머뭇거리자 어머니는 차라리 집을 나가라고 말했습니다. 그토록 슬픈 어머니의 목소리는 처음 들었습니다."

그는 고개를 숙인 채 한동안 꼼짝을 하지 않았다. 그가 고개를 들었을 때 눈자위가 젖어 있었다.

2장

발
없는
새

1

　홍콩 취재를 마치고 베이징에 돌아온 그날 밤 DVD로 「패왕별희」를 다시 보았다. 어린 데이의 여섯번째 손가락이 잘리는 장면과 아편에 중독된 데이가 어머니를 그리워하는 장면에서 위이커씽 씨가 장궈룽에게 한 말이 생각났다. 두 사람이 처음 마주한 술집은 나에게 친근한 공간이었다. 가랑비가 내리는 날 장궈룽과 함께 술도가에 딸린 작은 방으로 들어갔다는 첸카이거의 말을 들었을 때 그곳의 풍경이 환히 떠올랐다. 그 방에서 위이커씽 씨와 자주 술을 마셨다. 지붕을 두드리는 빗소리가 듣기 좋아 비 오는 날이면 발길이 자연히 거기로 향했다.

　문화대혁명의 격랑에 휩쓸려 데이와 샤오러우의 삶이 파멸로 치닫는 후반부 장면에서는 첸카이거가 겪은 문화대혁명의 가혹한 체험이 영화에 어떻게 투영되었는지 생각하며 보았다.

데이와 샤오러우는 경극 속에서 우희와 패왕이다. 우희와 패왕은 오랜 세월 동안 중국인의 사랑을 받아온 비련의 주인공이기에 대중은 그 역을 탁월하게 연기하는 데이와 샤오러우를 존중한다. 하지만 당대 권력의 태도는 대중과 전혀 다르다. 당대 권력은 데이와 샤오러우를 무대에서 끌어내려 죄를 추궁한다. 두 사람에게 죄가 있을 리 없다. 우희와 패왕이 어떻게 당대 권력에 죄를 지을 수 있겠는가. 그럼에도 일본군이, 국민당군이, 홍위병이 그렇게 한다. 그들 가운데 가장 가혹하게 죄를 추궁한 권력은 홍위병이다. 이글이글 타오르는 불길 속에서 우희와 패왕을, 그 순정한 연인을 서로 물어뜯게 하여 사랑의 세계를 지옥으로 만들어버린다.

영화는 문화대혁명 이후 11년 만에 만난 데이와 샤오러우가 우희와 패왕으로 분장하여 텅 빈 극장으로 들어가면서 시작된다. 문이 닫히고 조명이 켜지자 카메라가 멀어지면서 무대에 선 두 사람의 모습이 그림자극의 형상처럼 흐릿하게 변해간다. 이어 어린 데이가 어머니에게 이끌려 경극학교로 가는 장면을 시작으로 데이와 샤오러우가 겪는 파란만장한 삶이 펼쳐지는데, 영화의 마지막에서 첫 장면의 무대가 다시 나타난다. 우희와 패왕으로 변신한 데이와 샤오러우가 최후의 연기를 하는 것이다. 이처럼 영화 「패왕별희」는 시간 순으로 진행되는 원작 소설과 달리 첫 장면과 마지막 장면 사이에 데이와 샤오러우의 생애가 배치되어 있다. 첸카이거는 왜 이런 서사 구조를 선택했을까?

두 사람의 삶은 그들이 원한 삶과 전혀 다른 방향으로 치닫는다. 권력에 짓밟혀 종이 인형처럼 구겨지고 찢겨지는 것이다. 그들의 실존적 저항은 권력 앞에서 무력하기 짝이 없다. 저항할수록 그만큼 더 짓밟힌다. 권력은 개인의 실존을 허용하지 않는다. 개인의 실존을 끊임없이 삼킴으로써 생명력을 증대하는 것이 권력이다. 그러므로 역사에서 개인의 실존을 확인한다는 것은 거의 불가능하다. 권력의 실존만 확인될 뿐이다. 「패왕별희」는 그런 불가능성을 역류하려고 만든 영화처럼 비친다. 여기에서 「패왕별희」가 취한 서사 구조의 목적이 드러난다. 첸카이거는 데이와 샤오러우의 생애를 예술의 시선으로 보려고 한 것이다. 그래야만 권력에 삼켜진 개인의 실존을 제대로 표현할 수 있기 때문이다. 그 실존은 우희로 분장한 데이가 패왕의 칼로 자살하는 마지막 장면에서 꽃처럼 피어오른다. 첸카이거가 원작 소설에 없는 데이의 자살을 영화의 마지막 장면으로 선택한 것은 권력의 위력 앞에서 아버지를 부정해야 했던 자신의 트라우마와 무관하지 않을 것이라고 나는 생각했다.

2

워이커씽 씨가 첸카이거에게 난징학살에 관한 이야기를 한 적이 없다는 사실이 의외였지만, 한편으로는 워이커씽 씨의 독특한 성정을 생각해볼 때 자연스럽게 느껴지기도 했다.

그가 술꾼임을 안 것은 '난징학살 심포지엄'에서 그를 처음 만난 날이었다. 심포지엄이 끝나자 일행은 난징학살 기념관으로 이동했다. 기념관은 1985년 희생자 유골이 가장 많이 나온 곳에 건립되었다. 묘의 형태를 한 전시관에는 유골이 그대로 보존되어 있었다. 전시관이 움푹 파인 이유는 발굴 현장을 가능한 한 훼손하지 않고 건물을 지었기 때문이다. 전시관의 영화관에서 학살 장면을 담은 기록 영화를 보았다. 참혹했다. 참혹함은 무서움으로 이어졌다. 인간이 만든 어떤 아름다움도 그 참혹함 앞에서는 결코 아름다울 수 없을 것이라는 생각을 불러일으키는 무서움이었다.

영화관을 나오니 워이커씽 씨가 앞에서 걸어가고 있었다. 그의 등이 쓸쓸해 보였다. 그는 기념관 정원에 세워진 비석 앞에 걸음을 멈추었다. 정원에는 학살 장소와 희생자 수가 새겨진 비석들이 세워져 있었다.

이상했다. 시간이 꽤 흘렀음에도 그는 꼼짝하지 않았다. 숙인 머리에도, 구부정한 등에도, 축 늘어진 두 팔에도, 헐렁한 바지에 싸인 두 발에도 움직임이 전혀 없었다. 비석을 향해 기울어진 그의 몸이 비석의 일부처럼 보였다. 그런 그의 몸에서 괴로움이 흘러나오고 있었다. 그가 연단에서 이야기하는 동안 느껴졌던 것과 흡사한 괴로움이었다. 나는 그가 궁금했다. 괴로움이 흘러나오는 그의 내면이 궁금했고, 그러한 내면을 만들어낸 삶의 궤적이 궁금했다. 그에게로 천천히 다가갔다. 발소리에 고개를 돌린 그가 나를 보자 묵례했다. 심포지엄 시작 전 사회자가 참석자 가운데 몇 사람을 소개했는데, 호명을 받아 일어서서 청중에게 인사한 나를 기억하는 것 같았다.

"심포지엄에서 선생님이 하신 말씀이 무척 인상적이었습니다. 특히 일본 천황 이야기가 많은 생각을 불러일으켰습니다. 제가 막연하게 알고 있었던 천황의 존재성이 구체적으로 떠오르면서 난징학살을 생각하면 늘 부딪치는 비현실적 느낌이 풀리는 듯했습니다."

"내가 허튼소리를 하지 않았나, 염려스러웠는데 다행이오."

그는 수줍은 표정으로 말했다.

"그동안 저는 난징과 히로시마를 연결하여 생각한 적이 없습니다. 선생님의 말씀 덕분에 난징과 히로시마가 그렇게 연결되어 있다는 사실을 비로소 알았습니다."

"뜨내기의 이야기를 그렇게 들으셨다니 감사하오."

"뜨내기라뇨?"

그가 무슨 뜻으로 하는 말인지 궁금해 물었다.

"사회자가 날 재야 역사학자라고 소개했지만 사실 난 공부를 제대로 한 적이 없소. 그저 일찍부터 이리저리 떠돌며 주워들은 것들을 꿰맞춰 왔을 뿐이오."

그의 말을 어떻게 받아들여야 할지 혼란스러웠다.

"제가 선생님의 말씀을 귀를 쫑긋 세우고 들은 것은 학자에게서는 좀처럼 들을 수 없는 내용인데다 선생님의 표정과 목소리가 여느 연사와 달랐기 때문입니다. 난징의 참혹함은 과거의 사건입니다. 선생님은 과거의 참혹함을 지금 겪고 계시는 듯한 표정과 목소리로 말씀하시더군요."

"선생처럼 느낀 사람이 몇이나 될지 모르겠소."

그가 무슨 뜻으로 하는 말인지 몰라 눈만 끔벅거렸다.

"선생이 날 유별히 보았다는 뜻이오."

그의 입가에 희미한 미소가 어렸다.

"선생이 한국인이라는 사실이 무척 반갑소. 난 한국인에 특별한 감정을 가지고 있소."

"어떤 감정인지요?"

"술을 좋아하시오?"

"좋아하지요."

나는 벙긋 웃으며 말했다.

"지금 주막을 찾아볼까요?"

"시간이 괜찮을까요?"

버스가 한시간 후 호텔로 출발할 예정이었다.

"우린 따로 가겠다고 알려야겠지요."

"그러죠, 뭐."

나는 다시 벙긋 웃었다. 잠시 후 우리는 기념관을 나섰다. 그를 따라 들어간 골목길은 베이징 후퉁의 풍경과 달랐다. 자갈길이 있는가 하면, 계단이 불쑥 나타나기도 했고, 뜨락이 있는 찻집도 보였다. 그는 담벼락에 푸른 이끼가 낀 주막 앞에 걸음을 멈추더니 살며시 안으로 들어갔다. 그가 좀처럼 나오지 않자 나도 안으로 슬쩍 들어갔는데, 희미한 빛이 떠도는 어스레한 곳에서 술 항아리들을 살피는 그가 보였다.

"술맛이 좋을 것 같소."

그가 나를 보더니 기대에 찬 표정으로 말했다.

"어떻게 아시지요?"

"항아리의 색채와 모양이 그윽하지 않소."

짙은 흙색의 항아리에서 시간의 질감이 느껴졌다.

"술 항아리를 보면 술에 대한 주인의 애정이 대략 가늠되오."

그의 말이 맞았다. 첫 모금에 코끝이 찡했다. 향이 은은한 데다 혀에 감기는 맛이 잡티 없이 맑았다.

"정말 그렇군요."

나의 말에 그는 아이 같은 표정으로 웃었다.

"선생님은 술을 정말 좋아하시는군요."

"당신도 그렇지 않소?"

"선생님이 저보다 한수 위인 것 같습니다."

나는 진심으로 말했다.

"선생은 언제 베이징에 왔소?"

"일년이 조금 넘었습니다."

"난 한국을 잘 모르오. 그럼에도 한국이 내게 특별하게 다가오는 건 판소리 때문이오."

판소리라는 한국어 발음에 나는 깜짝 놀랐다.

"내가 판소리를 잘 안다고 생각하지 마시오. 우연히 들은 판소리 선율에 사로잡혔을 뿐이오. 나중에 알았지만 그건 「쑥대머리」였소."

'쑥대머리'의 한국어 발음이 서툴렀지만 정답게 들렸다.

"애끓는 노래를 들으셨네요."

옥에 갇혀 쑥대머리가 되어버린 춘향이가 이도령을 그리워하며 부르는 노래가 「춘향가」의 「쑥대머리」다.

"그 노래를 어디서 들으셨나요?"

"아주 오래전 베이징 후퉁에 있는 어떤 분의 집 별채에 한동안 머문 적이 있었소. 창문을 열어놓고 봄 햇살에 잠긴 마당을 내려다보고 있는데 본채의 서재에서 노랫소리가 들려왔소. 처음에는 경극 속 노래이거니 생각했으나 가만히 들어보니 아니었소. 그전에 들어본 적 없는 노래였소. 방을 나와 본채와 가까운 마당에 서서 귀를 기울였소. 선율과 박자는 물론 말까지 낯설었소. 중국어도 아니었고 일본어도 아니었소."

"그 노래가 「쑥대머리」였군요."

"내가 「쑥대머리」에 사로잡힌 건 단음에서 우러나오는, 금방이라도 끊어질 듯한 여자의 쉰 소리가 가슴으로 스며들었기 때문이오. 노래가 끝나자 서재로 갔소. 어떤 노래인지 알고 싶었던 거요. 그때 난 처음으로 판소리라는 말을 서재 주인에게 들었소. 그분은 판소리의 특성과 함께 「쑥대머리」의 내용을 설명했소. 그분의 설명 가운데 특히 날 사로잡은 건 소리를 얻기 위해 소리꾼이 자신의 성대를 상처투성이로 만든다는 부분이었소. 그러니까 내가 마당에서 들은 노래는 상처투성이에서 나온 소리였던 거요. 그날 이후로 서재를 자주 찾았소."

그는 서재 주인이 판소리를 자신과 함께 듣는 걸 좋아했다고 말했다.

"자꾸 듣다보니 선율이 익숙해지면서 사설의 일부를 흥얼거릴 정도가 되었소. 그러자 사설의 뜻을 알고 싶어 그분에게 한글을 배웠소. 한글이 그토록 쉬운 글자인 줄 몰랐소. 횡재를 한 기분이었소."

"서재 주인이 한국인이었군요."

"아니오. 베이징 토박이였소. 그분도 나처럼 사설의 내용이 궁금해 한글을 익혔던 거요."

"아, 그랬군요. 그분은 어디에서 처음 판소리를 들었다고 하던가요?"

"도쿄의 어떤 일본인 집에서 들었다고 하오."

"그분은 지금도 베이징에 사시나요?"

"오래전에 돌아가셨소."

그는 쓸쓸히 말했다.

3

워이커씽 씨는 내가 서재 주인을 궁금해했음에도 더이상 이야기하지 않았다. 그로부터 1년이 조금 지난 후 홍콩에서 첸카이거가 워이커씽 씨의 얼후 소리를 일곱살 때 들었다는 말과 함께 친구의 집 별채 손님에 대해 이야기했을 때 서재 주인이 생각났다. 워이커씽 씨는 베이징 후퉁에 있는 어떤 이의 집 별채에 머물렀다고 했는데, 그곳이 첸카이거의 친구 집 별채일 가능성이 컸다. 그렇다면 서재 주인은 메이란팡이다. 서재 주인이 판소리를 처음 들은 곳이 도쿄의 일본인 집이라는 사실도 메이란팡과 연결된다. 메이란팡은 일본 공연을 여러차례 하면서 일본 예술가들과 친분을 맺었던 것이다.

워이커씽 씨가 메이란팡과의 관계를 말할 수밖에 없었던 것은 장궈룽과의 만남을 설명해야 했기 때문이다. 만약 국제부장이 전화했을 때 그 자리에 워이커씽 씨가 없었다면, 그는 장궈룽과 첸카이거, 메이란팡과 자신의 관계를 결코 말하지 않았으리라는 생각이 강하게 들었다. 돌이켜보면 그동안 워이커씽 씨에게 난징학살을 천착한 이유를 물어본 적이 몇번 있었다. 심포지엄 당시 그의 표정과 모습이 마음에 와닿았기 때문이다. 하지만 그는 제대로 대답한 적이 없었다. 엷은 미소를 짓거나, 다른 이야기로 넘어가거나, 취기가 올랐을 때는 알 수 없는 소리로 웅얼거리기만 했다. 그런 태도를 취하는 데는 그만한 이유가 있을 것이라는 생각에 언젠가부터 묻지 않았다. 그런 그가 난징학살과 관련된 개인사를 처음 이야기한 것은 2003년 2월이었다. 어쩌면 그날의 낮술 때문이었는지도 몰랐다.

그날 오후 베이징의 유서 깊은 고서적과 골동품 상가 류리창(琉璃廠)을 찾은 것은 며칠 후 서울에서 오는 손님에게 건넬 선물을 사기 위해서였다. 가게들을 둘러보던 중 뜻밖에도 필묵 가게에서 워이커씽 씨와 마주쳤다. 안개 자욱한 늦은 오후였는데, 그는 낮술에 취해 있었다.

워이커씽 씨의 집은 류리창과 멀지 않은 곳에 있었다. 그는 류리창을 자주 찾았다. 그가 눈여겨보는 것은 비석에 새겨진 문자 탁본이나 고대 중국 유물을 복제한 공예품들이었다. 복제품이라고 했을 때 내 머릿속에서는 대량 생산되는 싸구려 상품이 떠올랐다. 하지만 워이커씽 씨가 찾는 것은 그런 종류가 아니었다. 예술적으로나 기술적으로나 원품보다 더 나은 복제품이 류리창에 숨어 있다고 했다. 나로서는 이해가 되지 않았지만, 중국에는 그런 뛰어난 장인들이 다행스럽게도 아직 멸종되지 않았다는 것이다. 훌륭한 복제품을 발견했을 때의 희열은 이루 말할 수 없다고 했다. 그 희열을 목격한 것은 2002년 12월이었다.

그날은 날씨가 유독 추웠다. 나는 워이커씽 씨를 따라 입구가 동굴처럼 어두운 가게로 들어갔다. 가게 중앙에는 벌겋게 단 주철 난로가 있었다. 난로 위에서는 주전자 물이 펄펄 끓었다. 가게 안은 어두침침했다. 녹슨 창으로 스며드는 희미한 햇살이 어둠을 겨우 밀어내고 있었다. 가게 안을 어슬렁거리던 워이커씽 씨가 걸음을 멈추고 무언가를 응시했다. 햇살을 등지고 있어 얼굴 표정이 안 보였다. 머리와 두 어깨가 꼼짝을 하지 않았다. 한참 그렇게 있더니 무엇을 집어 들었다. 작은 칠무늬 항아리였다. 주둥이가 작고 목이 가는 반면 몸통은 불룩했다. 몸통과 주둥이에는 물고기가 그려져 있었다.

워이커씽 씨는 나를 향해 고개를 돌렸다. 그의 얼굴이 상기되어 있었다. 그는 칠무늬 항아리의 원품이 만들어진 것은 6천년 전이라고 낮은 목소리로 말했다. 그가 발견한 복제 항아리가 귀중한 것은 원품이 발굴된 곳의 점토로 만들어졌기 때문이라고 했다. 나중에 들었지만, 1953년 시안 동쪽 황허 강변의 반포(半坡) 마을에서 칠무늬 항아리를 비롯 수많은 유물들이 출토되었는데, 조사 결과 모계 씨족 공동체 사회의 유물로 밝혀졌다. 그곳에 박물관이 건립된 것은 1972년이었다. 끈질긴 흥정 끝에 주인이 제시한 가격의 60퍼센트 값으로 항아리를 구입한 워이커씽 씨는 그날 저녁 나에게 양고기 샤부샤부를 샀다. 바이주 첫잔을 입안으로 톡 털어 넣었을 때 워이커씽 씨의 얼굴이 어린아이처럼 빛났다.

필묵 가게에서 나온 그는 휘적휘적 걸었다. 안개 자욱한 베이징은 무채색이었다. 오래된 집들이 안개 속에서 회색빛을 띠었다. 날씨가 차서 근처 찻집에 들어갔다.

"낮술을 자주 하세요?"

"특별한 날에는 하오."

"오늘은 무슨 특별한 날인가요?"

"외할아버지 기일이오."

그의 말에 가슴이 두근거렸다. 그에게서 가족 이야기가 처음 나왔기 때문이다.

"난 난징학살 이듬해 태어났다고 외할아버지가 말했소. 아버지는 난징학살 때 돌아가셨고, 어머닌 내가 네살 때 돌아가셨다고 하오. 난 태어나면서부터 외할아버지 집에서 살았소. 가족이라곤 외할아버지뿐이었고, 어머니에 대한 기억은 거의 없소."

"유복자이셨군요."

심포지엄 연단에서, 난징학살 기념관 정원 비석 앞에서 괴로움에 싸인 그의 얼굴이 떠올랐다.

"나에게 난징은 외할아버지의 기억이오. 그분은 어린 나에게 난징 이야기를 자주 해주었소. 난징성 둘레를 굽이쳐 흐르는 친화이허 강물과 외할아버지의 오래된 집, 집집마다 돌아다니는 신기료장수, 노천에서 비단을 짜는 사람들, 손으로 면을 뽑아내는 국숫집 주인, 수레를 끌고 가는 노인, 밤이면 깜박이는 가스등…… 내가 들은 이야기는 난징학살 이전의 평화로운 풍경이었소. 외할아버지는 난징학살에 대해 한마디도 하지 않았소."

그의 표정이 아련해졌다.

"외할아버진 아편 중독자였소. 그분이 애용한 것은 광둥 생아편이었소. 간혹 다른 아편을 피우긴 했지만 광둥 생아편이 최고라 했소. 생아편은 제대로 달이기가 여간 까다롭지 않소. 불기가 약하면 아편의 향이 사라지고, 불기가 세면 아편을 빨아들일 때 숨이 막히오. 그분이 말하길, 제대로 볶으면 아편을 빨아들일 때 잘 볶은 참깨 향미가 난다고 했소. 불의 세기와 시간이 관건인데, 난 외할아버지가 깜짝 놀랄 정도로 빨리 익혔소."

"외할아버지께서 생아편 달이는 법을 가르쳐주셨나요?"

"그렇소."

"별난 분이셨네요."

"난 기뻤소. 그분이 정말 중요하게 여기는 일을 나에게 맡겼으니 말이오."

그는 희미하게 웃었다.

"어느 봄날 아편에 취해 있던 외할아버지가 장자 이야기를 했소. 자신이 아는 사람 가운데 가장 더럽혀지지 않은 사람이라고 했소. 난 외할아버지가 아는 이들 가운데 드물게 깨끗한 사람의 이름이 장자이구나, 생각했소. 그런데 갑자기 물고기와 새 이야기를 해서 어리둥절했소. 그냥 물고기와 새가 아니었소. 둘레의 치수가 몇천리인지 모를 정도로 큰 물고기였고, 등이 몇천리인지 모를 정도로 큰 새였소. 그렇게 큰 물고기가 새로 변해 남쪽 깊은 바다로 날아가면 파도가 삼천리 밖까지 퍼진다고 했소. 그 새는 여섯달 동안 구만리를 날고서야 비로소 내려와 쉰다고 외할아버지가 말했을 때 그분의 얼굴은 황홀에 젖어 있었소. 난 그때 외할아버지가 아편이 불러일으킨 황홀 속에서 정말 새가 되어 날고 있었는지도 모른다고 생각했소. 그러자 나도 아편을 피우고 싶어졌소."

그는 외할아버지가 딱 한번 손자에게 아편을 맛보게 했다고 말했다.

"외할아버지가 돌아가시기 보름 전이었소. 그분이 생

아편을 달였소. 무슨 생각으로 그렇게 했는지 모르지만 난 기쁘면서도 슬펐소. 기뻐한 건 나에 대한 사랑의 표현으로 느꼈기 때문이오. 슬퍼한 건 그분이 내가 따라갈 수 없는 어딘가로 떠날지 모른다는 막연한 예감 때문이었소. 아무튼 난 외할아버지 방에 누워 그분처럼 아편을 빨았소."

처음에는 속이 메슥거렸지만 시간이 조금 지나니 의식이 몽롱해졌다고 했다.

"몽롱한 상태에서 내가 새로 변하는 상상을 했소. 등이 몇천리인지를 알지 못하는, 날개를 한번 펄럭이면 파도를 삼천리 밖까지 퍼져 나가게 하는 새를 말이오. 난 물고기가 아니었음에도 그렇게 상상했소. 어쩌면 그때 내가 물고기라고 생각했는지도 모르오. 시간이 얼마나 지났는지 알 수 없었지만 난 새가 되어 있었소. 날개가 하늘을 덮을 만큼 컸소. 날개의 끝이 보이지 않았소. 한번의 날갯짓으로 별과 별 사이의 길을 눈 깜박할 사이에 지나갔소. 그러다가 잠이 들었는데, 어떤 소리에 깨어났소. 사각사각하는 그 소리는 흰개미가 관을 갉아먹는 소리였소. 외할아버지가 손수 만들어 자신의 방에 두었던 측백나무 관이었소. 그분은 자신의 관에 빨리 들어가고 싶다는 말을 간혹 했소. 손자 앞에서 그런 소리를 하는 외할아버지를 이

해할 수 없었소. 그런 그가 한없이 원망스러웠소. 그 원망
이 때때로 측은함으로 바뀌곤 했소. 딸을 잃고 홀로 외손
자를 키우는 노인의 외로움과 절망을 어렴풋이 느꼈기 때
문이오. 그로부터 보름 후 외할아버지는 소원대로 자신의
관으로 들어갔소. 그날 난 두 사람을 잃었소. 외할아버지
와 아버지를 말이오. 그분은 나에게 외할아버지이면서 아
버지였소. 내가 아홉살 때였소. 언젠가부터 난 그분의 기
일에 낮술을 마시기 시작했소. 그분을 추억하는 가장 좋
은 방법이 나에겐 낮술이었소. 그분이 낮에 아편을 피운
것처럼 난 낮술을 마셨던 거요."

바람에 흔들리는 듯한 목소리에 내가 헤아리기 힘든
슬픔이 배어 있었다.

"외할아버지는 필묵 취미를 갖고 있었소. 그분의 서재
에는 자단으로 만든 붓과 강희제 때 만들어졌다는 먹과,
당대 이후 황실의 공품(貢品)이 되었다는 단계연 벼루와,
건륭제 때 진상되었다는 종이가 있었소. 명인들의 두루마
리와 화첩 들은 물론 문물 상점들이 탐내는 진귀한 서화
들도 꽤 있었소."

"선생님의 골동품 감식안이 외할아버지로부터 왔군요."

"나도 그렇게 생각하오."

목소리가 쓸쓸했다. 찻집을 나왔을 때 해가 뉘엿뉘엿

지고 있었다. 바람이 몹시 찼다. 우리는 그냥 헤어지지 않았다. 술집으로 들어가 라멘(拉面)을 시켜놓고 바이주를 마셨다. 날씨가 추운 날에는 쇠고기나 양고기 육수에 면을 넣은 라멘이 제격이었다.

맹인 악사가 식당에 들어온 것은 취기가 오르고 있을 때였다. 머리가 희끗희끗한 맹인 악사는 얼후를 안고 손님들에게 다가가 음악을 듣지 않겠느냐고 물었다. 그가 들어오면서부터 워이커씽 씨의 표정이 변하고 있었다. 바이주 앞에서 따뜻한 미소를 머금고 있던 얼굴이 어두워지면서 눈빛이 흐려졌다. 잠시 후 얼후 소리가 들렸다. 누군가가 연주를 청한 모양이었다. 애틋한 선율이 흘렀다. 워이커씽 씨의 표정이 넋을 놓은 듯 멍해 보였다. 눈은 거의 감겨져 있었다. 연주가 끝나고 박수 소리가 났을 때 눈꺼풀이 스르르 올라왔다. 맹인 악사를 바라보는 그의 표정이 참으로 이상했다. 유령을 보는 듯한 표정 같기도 했고, 더없이 친근한 사람을 보는 듯한 표정 같기도 했다. 안색이 표 나게 창백했다. 그에게서 어떤 이야기가 나올 것 같았지만 그는 묵묵히 술만 마셨다. 그가 입을 연 것은 바이주를 세병째 마시고 있을 때였다.

"한때 난…… 맹인 악사를 소망했소."

거의 중얼거리는 목소리였다. 간혹 눈을 감았다 떴다

했는데, 그것조차 힘이 드는지 속도가 느려졌다. 술집을 나왔을 때는 너무 취해 부축이 필요했다.

4

워이커씽 씨가 취기 속에서 맹인 악사를 소망한다고 했을 때 나는 그가 얼후 연주가였다는 사실을 몰랐다. 메이란팡이 공연 때마다 그를 불렀다는 것은 그의 연주가 그만큼 뛰어났기 때문이었을 것이다. 그런 사실들을 알고 나니 워이커씽 씨가 무슨 이유로 한때 맹인 악사를 소망했는지 더 궁금해졌다. 홍콩에서 돌아온 지 닷새 후 술도가에 딸린 작은 방에서 워이커씽 씨를 만났다. 장궈룽을 생각하기 좋은 곳이었다.

"장궈룽을 여기서 만났다고 들었습니다."

"내가 여기로 오라고 했소."

반쯤 감긴 눈에서 슬픔이 보였다.

"장례식은 어땠소?"

바이주를 한모금 마신 그가 물었다.

"모두가 받아들이기 힘든 슬픔에 싸여 있었습니다."

"죽음이 불러일으키는 고통을 견딘다는 건……"

그는 눈을 감았다 잠시 후 떴다.

"산 자의 숙명이기도 하오. 난 장궈룽의 선택을 존중하오."

"존중하신다는 건……"

"장궈룽은 죽기 한달쯤 전 나에게 전화를 했소. 무척 밝은 목소리로 요즘 캄캄하던 가슴 속에 따뜻한 불이 켜진 느낌이라고 말했소. 좋은 일이 있느냐는 나의 물음에 데이가 가슴 속에 들어와 있다고 속삭이듯 말했소. 난 혼란스러웠소. 장궈룽은 「패왕별희」 촬영이 끝난 후에도 데이에게서 좀처럼 빠져나오지 못했소. 촬영이 끝났다고 해서 배우가 자신의 혼을 쏟아 넣은 인물에서 금방 빠져나올수 없지만, 장궈룽은 비정상적일만큼 오랫동안 빠져나오지 못해 괴로워했소. 그 괴로움에서 벗어날 수 있었던 건사막 때문이라고 장궈룽이 말했소."

"사막?"

"왕자웨이가 만든 「동사서독」이라는 영화를 아시오?"

"제가 세번 본 영화입니다. 스토리가 미묘해서 세번씩이나 보게 되더군요."

일곱명의 주요 등장인물은 저마다 스토리 라인을 갖고 있고, 각각의 스토리는 독자적 시간과 공간을 갖고 있다. 이 분절된 시간과 공간들이 허공에서 춤추듯 이어지고 미끄러지면서 영화는 난해하면서도 아름다운 허구의 세계를 보여준다. 허구의 중심 공간은 사막이다. 사막에 덩그렇게 세워진 객사에 한 남자가 홀로 산다. 장궈룽이 연기한 구양봉이다. 뛰어난 무사였던 구양봉은 한 여자를 가슴에 품고 고향을 떠나 사막으로 들어와 살인 청부를 중개하며 살아가는데, 문제적 인물들이 구양봉의 객사에 머무는 동안 그들의 삶에 새겨진 시간과 공간의 파편들이 서로에게 파고들면서 각자의 삶에 고인 비극적 서정이 흘러나오는 영화가 「동사서독」이다.

"장궈룽은 사막에서 구양봉으로 2년을 살았소. 그렇게 사는 동안 데이의 영혼을 조금씩 헤쳐 나갔던 거요."

「동사서독」에서 보았던 사막의 몽환적 풍경이 어렴풋이 떠올랐다. 저 사막 너머 무엇이 있느냐는 객의 물음에 구양봉은 사막이라고 대답한다. 사막 너머에 또 사막이 있을 뿐이라는 구양봉의 허무적 세계에서는 데이의 상처가 무뎌질 수밖에 없었을 것이라는 생각이 들었다.

"데이에 갇혀 괴로워하다가 사막이라는 공간을 통해 간신히 빠져나온 장궈룽이 몇년 후 갑자기 데이가 자신 속으로 들어와 캄캄하던 가슴속에 따뜻한 불이 켜진 느낌이라고 말하니 혼란스러울 수밖에 없지 않겠소."

곰곰이 생각하면 이해가 되는 측면이 있다고 워이커씽

씨는 착잡한 표정으로 말했다.

"데이는 허구의 인물이지만 배우의 내면에는 실재하오. 유령처럼 말이오. 그렇다고 해서 데이를 유령이라고할 수 없소. 유령이 사람의 내면에 깊이 박힌 상처가 물질화된 존재라면 데이는 예술가에 의해 창조된 미학적 생명체이기 때문이오. 데이라는 생명체는 영혼이 가시투성이임에도 아름답소. 영혼 전체가 운명의 물결이 되어 사랑을 향해 나아가고 있으니 말이오. 그런 생명체가 내면에스며들었다면 캄캄한 가슴속에 따뜻한 불이 켜진 느낌이들지 않겠소."

"충분히 그럴 수 있겠군요."

나는 고개를 끄덕였다.

"그럼에도 내가 불안했던 건 데이의 환영이 장귀룽에게 돌아온 시점 때문이었소. 데이는 자신의 삶을 죽음으로 완성하는 인물이오. 그런 인물이 장귀룽의 우울증이악화되고 있을 때 찾아왔으니⋯⋯"

그는 말끝을 흐렸다.

"언젠가 술에 취한 장귀룽이 데이가 부럽다고 말한 적이 있소. 데이의 무엇이 부럽냐고 물었더니 완전한 변신이라고 대답했소."

"그때가 언제지요?"

"「패왕별희」 촬영이 끝나 홍콩으로 돌아갈 준비를 하고 있었을 때였소."

"왜 그런 말을 했을까요?"

"배우는, 그가 진정한 배우라면 완전한 변신을 꿈꾸기 마련이오."

"그래서 장궈룽의 선택을 존중한다고 말씀하셨군요."

그는 말없이 고개를 끄덕였다.

"첸 감독도 선생님처럼 생각했을까요?"

"모르겠소."

"영화 일로 곧장 뉴욕으로 가야 한다면서 베이징에 돌아가면 선생님과 함께 술자리를 만들겠다고 말씀하시더군요."

"첸이 홍콩에서 당신을 만난 후 전화했소. 누구와도 하기 힘든 이야기를 뜻밖에도 한국 기자와 하게 되어 기분이 이상했다고 했소."

"첸 감독이 선생님에 대해 이야기하는 동안 여러차례 놀랐습니다. 전혀 예상하지 못한 이야기였으니까요. 첫 놀람은 선생님과 장궈룽의 관계였습니다. 장궈룽의 빛나는 데이 연기에 선생님이 깃들어 있다는 사실은 아무리 생각해도 놀랍습니다."

"장궈룽을 살짝 밀었을 뿐이오."

"선생님이 그렇게 밀지 않았다면 장궈룽의 연기가 그토록 빛나지 않았겠지요."

"난 그렇게 생각하지 않소. 장궈룽은 나를 만나지 않았더라도 결국 그런 연기를 했을 것이오."

"선생님과 첸 감독의 만남도 놀랍습니다. 장궈룽은 선생님의 얼후 소리를 서른일곱살 때 들었지만 첸 감독은 일곱살 때 들었다고 하더군요."

"첸이 그 이야기를 한 걸 보니 당신을 무척 친근하게 생각한 모양이오."

"베이징 특파원 생활을 하며 만난 이들 가운데 제가 가장 좋아하는 분이 선생님이라고 했으니까요."

나는 어깨를 으쓱하며 말했다.

"첸 감독이 얼후 연주를 들은 곳이 메이란팡의 집 마당이라는 사실도 놀라웠습니다."

"당시 난 베이징으로 흘러들어 온 사람들이 쉽게 얻을 수 있는 숙소에 머물고 있었소. 어느 날 그분이 근처를 지나다 동행한 이로부터 내 숙소가 가까이 있다는 걸 듣고 찾아오셨소. 그분은 숙소의 남루함에 무척 놀라셨소. 부랑인 처지의 사람들이 머무는 곳이니 남루할 수밖에 없지 않겠소."

"당시 선생님이 부랑인 처지셨나요?"

"그랬소."

"메이란팡 공연 연주가가 부랑인 처지라니, 이해가 안 되네요."

"숙소의 모습만 달라졌을 뿐 난 지금도 부랑인이오."

그는 무심한 표정으로 말했는데, 그가 일본을 자주 간다는 첸카이거의 말이 문득 떠올랐다.

"그분은 당장 짐을 싸서 자신의 집으로 오라고 하셨소. 난 따를 수밖에 없었소. 그분이 진심으로 원하신다는 걸 느꼈기 때문이오."

"별채에 기거하실 때「쑥대머리」를 들으셨나요?"

"그렇소."

"그럼 판소리가 어떤 예술인지,「쑥대머리」가 무슨 내용의 노래인지 설명하신 분이 메이란팡이었군요."

"언젠가 그분은「패왕별희」의 우희가 판소리로 노래하면 어떨까? 하고 나에게 물으셨소. 난 상상해보았소. 사랑의 완성을 위해 죽음을 결심한 우희가 그런 심정을 판소리로 표현하는 장면을 말이오. 경극은 시각 중심의 예술이오. 배우의 손끝 하나로 세상을 표현한다는 말이 있을 만큼 동작 하나하나가 의미를 지니오. 판소리는 경극과 달리 청각 중심의 예술이오. 그분은 시각 중심의 경극과 청각 중심의 판소리를 미학적으로 융합하는 무대를 상상하셨던 거요. 하지만 자신의 상상이 현실화될 수 없다는 사실을 그분은 알고 있었소. 북한에는 판소리가 사회주의 이념과 맞지 않는다는 이유로 소리꾼이 아예 없었고, 남한은 이념 때문에 중국과의 교류가 단절된 상태였으니 말이오."

"그렇군요."

나는 씁쓸히 말했다.

"한달 남짓 별채에 머무는 동안 가장 놀란 건 그분의 자세였소. 일상 속에서 그분은 늘 아름다운 자세를 취하고 있었소. 의식적으로 취하는 게 아니라 몸이 자연스레 그렇게 움직였소. 그런 모습을 보고 있노라면 한폭의 움직이는 채묵화를 보는 듯했소. 하지만 난 그분에게서 가장 보고 싶었던 모습은 못 보았소."

"어떤 모습을 가장 보고 싶었나요?"

"임종이었소. 죽음 앞에서 사람이 취할 수 있는 가장 아름다운 자세가 무언지 난 늘 궁금했소."

「패왕별희」의 마지막 장면에서 우희로 분장한 데이가 패왕의 칼을 뽑기 직전에 지었던 표정이 떠올랐다.

"장귀룽이 출연한 영화에 이런 대사가 있습니다. '내가 정말 궁금했던 게 내 삶의 마지막 장면이었어. 그래서 난 눈을 뜨고 죽을 거야.' 이것과 연결되는 대사가 더 있습니다. '세상에 발 없는 새가 있다더군. 이 새는 나는 것 이외 는 알지 못해. 날다가 지치면 바람 속에서 쉰대. 딱 한번 땅에 내려앉는데 그건 바로 죽을 때지.' 장궈룽을 기억하는 사람들은 이 대사를 쉽게 잊지 못할 것 같습니다."

홍콩에서 돌아온 후 「패왕별희」 말고도 장궈룽 출연 영화 몇편을 더 보았다. 위의 대사가 나오는 영화는 「아비정전」으로, 어머니에게 버림받은 트라우마로 사랑을 믿지 않는 '아비'의 캐릭터가 장궈룽과 닮아 보였다.

"나도 그 영화를 보았소. 영화 속 인물과 장궈룽이 겹치는 장면들을 보고 많이 놀랐소. 장궈룽이 발 없는 새에 관한 대사를 하는 동안 발 없는 새가 장궈룽의 내면 어디인가로 파고들어 둥지를 틀었을지도 모른다는 생각이 들어 마음이 시렸소."

워이커씽 씨의 목소리와 표정에서 그가 내 짐작보다 훨씬 더 깊이 장궈룽의 죽음을 생각하고 있다는 느낌을 받았다.

"어느 날 아침 메이란팡 선생과 공원을 산책한 적이 있었소. 비가 온 뒤라 하늘이 청명했소. 숲속 길을 걷고 있는데 그분이 걸음을 멈추면서 가만히 무언가를 보았소. 젖은 풀 위에서 죽은 새 한마리가 눈에 들어왔소. 그분은 조심스럽게 그쪽으로 다가가 새를 어루만지더니 몸이 따뜻하다고 속삭이듯 말했소. 그러고는 새를 두 손으로 감싼 채 사람의 발길이 닿지 않는 숲속으로 들어가 젖은 흙을 파헤친 후 새를 묻었소."

봉곳이 솟은 새의 무덤이 무척 아름다웠다고 했다.

"집으로 돌아오면서 그분은 흥미로운 이야기를 하셨소. 그분이 각본을 쓰고 연출한 경극「천녀산화」는 우연히 보게 된「산화도」에서 영감을 받아 만들어졌다고 했소."

「산화도」는 천녀가 꽃을 뿌리며 하늘로 날아오르는 그림이다. 극본은 불교「유마경」의 '유마가 병이 나자 여래가 천녀에게 명하여 그의 방에 꽃을 뿌려 번뇌와 집착을 시험했다'는 내용에서 취했다.

"그분이 가장 심혈을 기울인 부분은 천녀의 춤 동작이었소. 춤을 통해 천녀가 하늘로 날아오르는 느낌을 불러일으켜야 하기 때문이었소. 두개의 비단 띠가 날개 역할을 했소. 비단을 원하는 대로 움직이게 하려면 비단의 물질적 특성을 파악해야 하오. 힘을 얼마만큼 써야 비단이 우아한 곡선을 그리며 나아가는지, 비단을 어떻게 돌려야 꽃 모양을 만들 수 있는지, 원을 그리며 말려 올라간 비단이 원하는 시간에 떨어지게 하려면 어디에 주의를 기울여야 하는지 등등 말이오. 그분이 자신을 새라고 상상하기 시작한 건 비단의 물질적 특성을 확실히 파악한 후였소.

새가 하늘을 날 수 있는 건 강력한 심장과 탄력 있는 발가
락과 종이처럼 얇으면서 속은 대나무처럼 텅 빈 뼈 때문
이오. 그분은 무대에서 천녀의 춤을 출 때 강력한 심장과
탄력 있는 발가락과 텅 빈 자신의 뼈를 느꼈다고 했소.”

“놀랍군요.”

“「패왕별희」 촬영이 막바지에 이르렀을 무렵 술자리에
서 장궈룽에게 그 이야기를 한 적이 있었소. 장궈룽은 잠
시 멍한 상태로 있더니 눈물을 뚝뚝 흘렸소. 당시 그는 데
이의 영혼에 사로잡혀 있었소. 어머니에게 버림받은 영혼
이면서 현실에서는 불가능한 사랑을 할 수밖에 없는 영혼
에 말이오. 그런 상황 속에서 새의 영혼 속으로 들어가는
메이란팡 이야기를 들었던 거요.”

“배우의 영혼이 지닌 투명한 유동성이 신비롭네요.”

“첸도 당신과 비슷한 말을 했소. 장궈룽에게서 배우의
그런 신비감을 깊이 느꼈던 모양이오. 장궈룽과 마주 보
고 있으면 현실에 존재하는 사람처럼 느껴지지 않을 때가
많았다고 했으니⋯⋯”

“첸 감독은 자신이 영화감독이 된 데에는 선생님의 역
할을 빼놓을 수 없다고 말씀하시더군요.”

“첸이 그랬소?”

“선생님을 찾은 것은 첫 영화 「황토지」를 보여주고 싶

었기 때문이라고 했습니다."

"일본에서 첸의 편지를 받고 깜짝 놀랐소. 그가 영화감독이 되었다고 하니, 내가 놀라지 않을 수 있겠소."

"선생님과의 두번째 만남을 계기로 영화를 새롭게 보게 되었다고 하더군요."

"내가 메이란팡 선생의 별채에 다시 머문 건 1966년 여름이었소."

"첸 감독이 그러더군요. 선생님이 별채를 떠난 지 7년 만에 돌아오셨다고."

"첸이 나를 몰래 따라온 것도 이야기했소?"

"네."

"그때 난 첸을 보지 못했소. 후퉁을 걷는 동안 누군가가 따라온다는 느낌이 들어 돌계단에 앉아 있는 노인에게 말을 건네면서 따라온 이를 자연스럽게 확인했소. 열네살 소년으로 성장한 첸을 금방 알아보았소. 하지만 난 모른 체하고 내 갈 길을 갔소. 내가 노천주점에 자리 잡자 첸은 일정한 거리를 두고 주점 주변을 빙글빙글 돌았소. 그 모습이 꼭 기다란 줄에 발이 묶인 새처럼 보였소. 간혹 걸음을 멈추고 나를 바라보다 내가 시선을 주면 고개를 슬며시 돌려버렸소. 마침내 첸이 다가왔을 때 난 무척 놀랐소. 열네살 소년의 얼굴에 주름살처럼 새겨진 고통이 보였던 것이오. 그 고통 때문에 첸의 존재성이 강렬히 느껴졌소. 무얼 먹고 싶으냐는 나의 물음에 첸이 술이라고 대답하자 난 기뻤소. 술은 고통을 나누는 최고의 음식이잖소."

워이커씽 씨의 눈이 반짝였다.

"첸이 마오 주석을 보았다고 말했을 때, 아버지가 공산 당원이 되어야 하기 때문에 혁명을 결심했다고 말했을 때 열네살 소년의 얼굴에 중국의 역사가 짊어져야 했던 숙명이 어른거렸소. 그 숙명의 중심에 마오가 있소."

그는 나에게 술잔을 내밀었다. 취기에 오르면 나오는 습관이었다. 나는 술잔을 주고받는 것을 좋아하지 않았지만 그가 권할 때는 달랐다. 술잔을 내미는 그의 표정에는 다정함이 있었다. 그 다정함에 마음이 싸해지는 것은 다정함의 주변을 달무리처럼 에워싸는 슬픔 때문이었다.

"대약진 정책의 실패로 류사오치에게 주석 자리를 넘기고 베이징의 정치 전선에서 물러난 마오에게 무엇이 가장 견디기 힘들었겠소? 권력에 대한 허기였을 것이오. 나에게 문화대혁명은 마오의 허기가 불러일으킨 비극적 난장으로 보였소. 혁명에는 무력이 필요하오. 마오가 선택한 무력 집단은 놀랍게도 소년들이었소."

오직 마오만이 할 수 있었던 선택이었다고 그가 말했다.

"사춘기의 육체는 일생에서 절정의 시기이오. 마오는

말했소. 정신이 물질로 변한다고. 육체의 절정기에 있는 소년들의 가없는 에너지를 마오는 꿰뚫어보았던 것이오. 마오를 숭배하는 소년들의 꿈은 마오의 일부가 되는 것이었소. 그 소년들은 마오의 굶주림을 가장 **빠르게** 충족시켜주는 식량이었소. 발이 줄에 묶인 새처럼 빙글빙글 돌다가 노천주점에 앉아 있는 나에게로 다가온 열네살 소년이 마오에게는 식량이었던 거요."

목소리가 어둡고 슬프게 들렸다.

5

하늘이 어스레해지면서 쓰허위안의 정원에 불이 켜졌다. 5월의 꽃들이 바람에 부드럽게 흔들렸다. 첸카이거는 한손으로 오프너의 은색 지지대를 쥐면서 다른 손으로 검은색 손잡이를 잡아 가볍게 들어올렸다. 코르크 마개를 뺄 때 경쾌한 소리가 들리자 그의 입이 살짝 벌어졌다. 그런 모습을 바라보던 워이커씽 씨의 입가에 미소가 흘렀다. 종업원이 치즈와 함께 먹기 좋게 썬 건두부를 식탁에 놓고 갔다.

5월 초순 첸카이거의 전화를 받았다. 며칠 전 귀국했다면서 다음 주 워이커씽 선생과 함께 술자리를 마련하려는데 괜찮은 날을 알려달라고 했다. 정해진 장소를 찾아가니 뜻밖에도 쓰허위안을 개조한 레스토랑이었다. 그가 예약한 자리는 정원의 야외 식탁이었다.

"뉴욕에 도착한 후 한동안 머리가 멍했습니다. 시간이 어긋난 곳에 있는 듯한 느낌이었습니다. 제가 알지 못하는 어떤 시간 속에 버려진 듯한 느낌까지 들었습니다. 며칠 지나면 괜찮아지겠지, 생각했는데 그렇지 않더군요."

"「패왕별희」가 장궈룽의 죽음에 어떤 역할을 한 게 아닌가, 하는 생각 때문이었소?"

워이커씽 씨의 물음에 첸 감독은 시선을 내린 채 침묵했다.

"그렇게 생각한다면 나에게도 책임이 있지 않겠소. 장궈룽이 데이의 영혼을 찾는 과정에서 도움을 주었으니 말이오."

"그건……"

첸카이거의 얼굴이 붉어졌다.

"사람이란 자유를 추구하는 존재이오. 그렇지 않소?"

"그렇습니다."

"자유는 오래전부터 사람에게 영혼의 양식이었소. 그래서 자유의 깊이가 곧 삶의 깊이로 받아들여지는 것이오. 죽음을 선택한다는 건 삶의 영역이오. 그러니 죽음의 깊이 역시 자유의 깊이가 아니겠소. 데이가 우희의 영혼으로 건너가 스스로 목숨을 끊은 건 자신의 삶을 위해서였소. 좀더 구체적으로 말하면 자신의 삶을 완성하기 위해서였소. 그런 열망의 에너지가 어디서 나왔겠소? 자유이오. 자유의 투명한 심연 말이오. 난 장궈룽의 죽음 속에 깃든 자유의 깊이를 생각해보곤 하오. 하지만 그걸 어떻게 알겠소? 내가 유일하게 아는 건 장궈룽의 영혼을 감싸는 색채이오. 그 색채 때문에 아프지만 장궈룽의 선택을 받아들일 수 있었소."

"무슨 말씀인지 잘 알겠습니다."

첸 감독의 표정이 조금 밝아진 듯했다.

"괴로움을 어떻게 견뎠소?"

"글자에서 위로받았습니다."

"글자?"

"한자(漢子) 말입니다."

"한자라……"

워이커씽 씨는 눈을 반짝이며 첸 감독을 보았다.

"머리가 멍하다보니 익숙하지 않은 영어가 성가셨습니다. 머릿속에서 가장 먼저 떠오르는 중국어를 영어로 바꾸는 과정이 번거롭다 못해 괴롭기까지 했으니까요. 영어의 알파벳이 저에게는 딱딱한 기호에 불과하다는 걸 새삼 깨달았습니다. 그 딱딱한 기호들이 간혹 가시처럼 느껴질 때도 있었습니다."

그는 씁쓰레 웃었다.

"그러던 어느 날 뭔가 눈앞에 어른거렸습니다. 형태가 희미하여 처음엔 무언지 몰랐습니다. 시간이 지나면서 조금씩 명료해지더군요. 제비 연(燕)자였습니다. 가슴이 뭉클했습니다. 어머니의 이름이 연(燕)이었습니다. 종이에 어머니의 이름을 천천히 써보았습니다. 쓰고 나서 글자를 물끄러미 내려다보는데 어머니의 얼굴이 환히 떠올랐습니다. 그분이 돌아가신 후 그처럼 환히 떠오른 건 처음이 아닌가 싶습니다."

목소리가 잠겼다.

"그다음에 쓴 글자가 회애(懷皚)였습니다. 아버지 이름입니다. '더럽힘 없는 마음'이란 뜻이지요. 그 글자에 이어 애합(皚鴿)을 썼습니다. 제가 태어나자 부모님께서 지어주신 이름입니다. 비둘기 앞에 순백(皚)이란 뜻의 글자를 살며시 넣었지요. 그다음에 쓴 글은 인거유영(人去留影)이었습니다. 아버지가 좋아하신 글귀입니다."

"나도 그 글귀를 좋아하오."

워이커씽 씨의 말에 첸카이거는 반색했다. 사람은 떠나

지만 그의 그림자는 남아 있다. 나는 글귀의 뜻을 마음속으로 되뇌며 워이커씽 씨와 무척 어울린다고 생각했다.

"글씨를 쓰는 동안 한자의 구조와 형태가 얼마나 우아한지 새삼 느꼈습니다. 그러자 먹으로 글씨를 쓰고 싶다는 욕구가 일면서 오래전 어떤 서예가에게 들었던 이야기가 생각났습니다. 숫자 일(一)을 쓸 때 대여섯가지의 서로 다른 붓놀림이 이루어진다고 했습니다. 당장 중국인 가게를 찾아 붓과 먹, 벼루와 함께 서예 연습용 종이를 샀습니다. 먹으로 글씨를 쓰면서 글에 스며든 3천여년의 세월을 생각했습니다. 들여다볼 수조차 없는 까마득한 세월의 물결 속에서 거품처럼 반짝이다 사라져간 생명들의 윤무가 글자 속에 잠겨 있는 듯했습니다."

"큰 위로를 받았구려."

"저에게 가장 미묘한 글자가 영(影)이었습니다. 그 글자를 쓸 때 선생님이 떠올랐습니다. 선생님은 저에게서 두번 떠나셨습니다. 처음 떠나셨을 때는 저에게 음악을 남기셨습니다. 제가 친구 집 마당에서 들었던 선생님의 얼후 소리는 유년의 어스름한 시간을 밝히는 등불 역할을 해왔습니다. 두번째 떠나셨을 때는 말을 남기셨습니다. 예술이라는 말과 자유라는 말이었습니다. 그 말들은 아버지와 연결되었습니다. 그전까지 전 아버지를 예술가로 생각한 적이 없었습니다. 그러니 예술과 자유라는 말이 지닌 뜻을 제대로 생각해본 적이 없었고, 두 말의 관계도 알지 못했습니다. 당시 혁명에 홀려 있었던 저는 혁명의 지시에 따라 아버지에게 패륜을 저질렀습니다. 그날 밤 전집에 있을 수 없었습니다. 회중전등을 주머니에 찔러 넣고 소리 없이 집을 나왔습니다. 공동주택 안뜰에 창고가 있었습니다."

문화혁명이 시작되면서 도서관은 폐쇄되었고, 개인 장서들은 태워지거나 동네 창고에 버려졌다.

"그 창고 안에는 수많은 책들이 벌레와 곰팡이에 묻혀 있었습니다. 바람이 없는 밤이면 친구와 함께 몰래 들어가 회중전등 불빛 아래서 책을 들여다보곤 했습니다. 바깥에서 인기척이 들려오면 불을 껐습니다. 그날 밤은 처음으로 혼자 들어갔습니다. 제가 본 것은 유럽 화가들의 화집이었습니다. 회중전등 불빛에 떠오르는 렘브란트와 루벤스, 고야의 그림 속 인물과 풍경 들이 가슴을 찌르듯 다가왔습니다. 그전에는 느끼지 못한 신비감과 함께 어떤 베일에 싸인 꿈같은 세계, 하지만 꿈이 아닌, 예술가의 자유로운 정신에 포착되는, 측정할 수 없는 그리움의 끝에 비로소 떠오르는 어떤 세계가 어렴풋이 감각되었습니다. 그 순간 혁명에 사로잡힌 제 모습에 대한 부끄러움이 일면서 선생님이 말씀하신 예술과 자유라는 말의 뜻이 보다 명료하게 다가왔습니다."

종업원이 다 비운 와인 병과 접시를 치우고는 바이주와 함께 삼겹살을 간장에 푹 졸여 볶은 홍사오러우(紅燒肉)를 탁자에 놓았다. 첸카이거는 워이커씽 씨의 새 잔에 바이주를 따랐다.

"세상에서 가장 향기로웠던 술은 저녁 빛이 내려앉은 노천 주점에서 선생님이 저에게 주신 바이주였습니다. 그 투명한 바이주가 열네살 아이의 몸 안에서 일으킨 미각의 혁명이 제 삶에 끼친 영향은 이루 말할 수 없습니다."

첸카이거의 입가에 부드러운 미소가 흘렀다.

"1969년 봄 저는 베이징에서 5천 킬로미터 떨어진 윈난성으로 갔습니다. 하방이었지요. 당시 베이징역에는 매일 수천명의 홍위병들이 어디론가 떠났습니다. 베이징으론 다시 돌아가고 싶지 않았습니다. 나를 잊고 싶었으니까요. 과거가 지워지면서 내 안은 텅 비어 있었습니다. 그 텅 빈 공간에서 누군가의 얼굴이 떠올랐습니다. 윤곽이 희미해 누구인지 몰랐습니다. 누구의 얼굴인지 안 것은 창밖의 풍경을 멍하니 보고 있을 때였습니다. 시장 안 노천 주점에서 홀로 술을 마시는 선생님의 얼굴이었습니다. 그러자 그때의 하늘 색과 바람의 감촉, 대기의 빛깔과 함께 노천 주점 주변을 떠돌던 냄새까지 생생히 떠올랐습니다."

첸카이거는 별들이 희미하게 빛나는 하늘을 올려다보았다.

"윈난성 국영농장에서 제가 한 노동은 괭이와 손도끼로 나무와 풀을 베는 일이었습니다. 처음에는 손바닥이 금방 벗겨졌습니다. 손이 피범벅이 되는 건 예사였습니다. 하지만 흰색 손도끼 자루가 검어지고 손도끼의 날이 초승달처럼 가늘어지면서 맨발로 삼림 속을 걸어 다닐 수 있게 되었고, 맨손으로 불 속의 숯조각을 집어 올려 담배에 불을 붙일 수 있게 되더군요. 그런 세월 속에서 선생님이 저에게 주신 예술과 자유라는 말의 피부도 벗겨지고 또 벗겨지면서 그전에는 볼 수 없었던 색깔들이 보였습니다. 6년 후 베이징에 돌아왔을 때 제 가슴속에는 예술과 자유라는 새로운 생명체가 눈을 뜨고 있었습니다."

첸카이거는 윈난에서 노동자로 2년, 군인으로 4년을 보냈다.

"베이징역에 내리니 해가 지고 있었습니다. 역에서 나와 제가 찾은 곳은 선생님과 처음 마주 앉은 노천 주점이었습니다. 주변 풍경이 변하긴 했지만 노천 주점은 거기에 있었습니다. 가슴이 뭉클했습니다. 탁자에 앉아 바이주를 마시고 있었을 때 저는 혼자가 아니었습니다. 노천 주점 주변을 맴돌았던 열네살 아이가 맞은편에 앉아 있었습니다. 전 그 아이에게 묻고 싶은 게 많았습니다. 아이도 저에게 묻고 싶은 게 많았을 겁니다. 언젠가부터 그 시절의 모습이 꿈의 장면처럼 떠오르곤 합니다. 어디에선가 그것을 보고 있는 제가 어렴풋이 느껴집니다."

극장 의자에 등을 깊숙이 묻고 꿈의 화면을 응시하는 자신의 모습이 간혹 환각처럼 떠오르곤 한다고 첸카이거는 몽롱한 표정으로 말했다.

3장

역
사
의
아
이

1

『The Rape of Nanking』의 저자 아이리스 장이 미국 캘리포니아주 남쪽 17번 고속도로변에 세워진 자신의 승용차 안에서 머리에 총상을 입고 숨진 채 발견된 것은 2004년 11월 9일 오전이었다. 언론은 그녀의 죽음을 자살로 보도했다.

"친구와 독자, 충격에 빠지다"

나는 기사의 헤드라인을 멍하니 보았다. 나 역시 충격에 빠져 있었다. 내가 『The Rape of Nanking』을 읽은 것은 1998년 6월이었다. 당시 나는 뉴욕 컬럼비아 대학 동양학 연구소에서 연수 중이었다. 일년 기한으로 서울을 떠나기 전까지는 제법 큰 계획을 품었으나 대학 도서관이 너무 마음에 들어 거기서 빈둥거리기로 마음을 바꿨다.

『The Rape of Nanking』은 도서관 서가를 배회하다 우연히 눈에 들어온 책이었다. 책을 보는 순간 고모할머니의 산속 외딴집이 떠올랐다. 지붕이 너무 낮아 납작하게 보이는 외딴집은 산 그림자에 잠겨 있었다.

'Rape'는 강간, 능욕, 약탈, 파괴, 침범 등 여러가지 뜻을 지니는데 나는 '능욕'으로 해석했다. 그 뒤에 있는 'Nanking'이라는 글자 때문이었다. 나에게 난징은 고모할머니가 일본인에게 끌려가 생애를 능욕당한 도시였다.

내게 고모할머니가 있다는 사실을 안 것은 스무살이 되어서였다. 할아버지가 돌아가신 이듬해 2월이었다. 당시 나는 대학 입학을 앞두고 있었다. 며칠 후 대전 집을 떠나 서울의 학교 기숙사로 가야 했다. 저녁 식탁에서 반주를 하던 아버지가 내일 아침 갈 데가 있다고 말했다.

"너는 처음 듣는 소리겠지만 네 고모할머니가 생존해 계신다. 할아버지 여동생이시다."

아버지의 목소리가 무거웠다.

"고모할머니가 숨어 사신 건 누구의 뜻도 아니었다. 세월 속에서 그냥 그렇게 되었을 뿐이다. 고모할머니도 할아버지도 세월에 속절없이……"

다음 날 아침 공주에 사는 삼촌이 자신의 승용차를 몰고 집으로 왔다. 차는 대전을 벗어나 경부고속도로를 타고 북쪽으로 올라갔다. 차가 진천의 서운산 자락에 도착할 때까지 아버지와 삼촌은 어린 시절 고모할머니와의 추억을 간간이 이야기했다. 목소리가 착잡했고, 때때로 한숨이 섞이기도 했다. 차가 산자락의 마을을 지나 외딴곳에 섰다. 차에서 내리니 조금 떨어진 곳에 지붕이 낮은 농가 한채가 보였다. 주변에 다른 집은 없었다. 마루에 앉아 있던 고모할머니가 우리를 보자 몸을 일으켰다. 검은색 스웨터에 진회색 치마 차림이었다. 주름진 얼굴이 홀쭉했고, 반백의 머리칼은 쪽머리로 단정히 묶여 있었다.

"얘가 상우입니다."

아버지는 나를 가리키며 말했다.

"작은오빠를 많이 닮았네."

가만히 나를 보던 그녀는 엷은 미소를 지으며 겨우 들리는 목소리로 말했다. 작은오빠라면 내가 네살 때 교통사고로 돌아가셨다는 작은할아버지인데, 그분을 닮았다는 말은 처음 듣는 소리였다. 집이 겉으로는 허름했지만 안은 잘 정돈되어 정갈함이 느껴졌다. 다섯평쯤 될 듯싶은 방에 낡은 반닫이 하나만 놓여 있었다. 그렇게 치장이 없는 방은 처음 본 듯했다. 작은 들창에는 햇살이 하얗게 비쳤다. 내가 큰절을 하자 고모할머니는 몹시 부끄러운 기색으로 받았다.

『The Rape of Nanking』을 읽는 동안 몇번이나 책을 덮었다. 인간에 내재하는 근원적 악을 떠올리게 하는 참혹함 때문이었다. 그런 참혹한 역사 속에 은폐된 진실을 캐내려고 시간의 내부를 헤집는 아이리스 장의 열정이 놀라웠다. 그로부터 한달이 채 안 되어 아이리스 장을 만났다.

미국 거주 중국인 민간단체 '아시아태평양평화정의연합회'(AJPAP)가 1998년 6월 28일 뉴욕에서 개최하는 심포지엄에 아이리스 장이 참가한다는 사실을 알게 된 나는 인터뷰를 요청하는 이메일을 그녀에게 보냈고, 다음 날 기쁜 마음으로 수락한다는 답신을 받았다. 심포지엄 이틀 전인 6월 26일 컬럼비아대학 도서관 로비에서 만나기로 했다. 미팅 장소를 의논하는 과정에서 나의 거처가 컬럼비아대학 기숙사라는 사실을 안 아이리스 장이 그렇게 정한 것이었다.

아이리스 장은 흰색 티셔츠에 블루진 차림으로 도서관 로비로 들어섰다. 키가 컸고, 얼굴이 길고 갸름했다. 두 눈은 큼직했으며 이마가 반듯했다. 섬세하면서도 강인하게 느껴지는 얼굴이었다. 인터뷰 장소로 도서관 세미나 룸을 예약해두었으나 그녀가 캠퍼스 풍경이 마음에 들어 실내로 들어가고 싶지 않다고 해서 우리는 커피를 들고 교정이 환히 내려다보이는 야외 탁자에 앉았다. 그녀의 맑은

금속성의 목소리가 듣기 좋았을 뿐 아니라 영어 발음이 명료하게 들렸다.

"여기 오면서 제 마음이 얼마나 설렜는지 모르실 거예요."

뜻밖의 말에 나는 마음이 설렌 이유를 알 수는 없지만 초대한 사람으로서 기쁘다고 말했다.

"전 일 중독자예요. 이게 제 삶을 얼마나 불행하게 하는지를 알면서도 어쩌지 못해요. 기자님의 인터뷰 요청이 없었다면 전 지금 어딘가에 틀어박혀 건조한 자료들을 읽고 있을 거예요. 그런 제 모습이 눈에 환히 보여요. 그런데 지금 전 햇살 가득한 컬럼비아대학 교정에 와 있어요. 아주 오래전부터 와보고 싶었던 여기에 말이에요."

"제가 메일을 아주 잘 보냈군요."

"정말 잘 보내셨어요."

그녀는 활짝 웃으며 말했다.

"오래전부터 와보고 싶었다면서 여태껏 왜 안 오셨죠?"

"특별한 공간이니까요."

"아, 여기가 아이리스 씨에겐 특별한 공간이군요. 이유를 물어봐도 되나요?"

"중학교 시절에 좋아했던 선생님이 컬럼비아대학을 나오셨거든요. 선생님이 묘사하는 캠퍼스 풍경이 머릿속에 환히 그려졌어요. 제가 처음 뉴욕에 온 건 열여섯살 때였어요. 전 설레는 마음으로 컬럼비아대학을 찾았지만 교문 앞에서 발길을 돌렸어요."

"왜요?"

"두려움 때문이었어요. 꿈속의 풍경이 깨어질지도 모른다는."

"지금 꿈의 풍경 속으로 오신 거네요."

"맞아요."

그녀는 두 손으로 커피 잔을 감싸며 말했다.

"언젠가는 가리라, 생각했어요. 제 마음을 움직이게 하는 어떤 특별한 계기가 찾아온다면 말이에요."

"저의 인터뷰 요청이 특별한 계기가 된 건가요?"

"우선 저를 만나고자 하는 분의 거처가 컬럼비아대학 기숙사라는 사실이 특별하지요. 하지만 이것만으로는 제 마음이 움직이지 않았을 거예요. 단순한 우연으로 간주했을 가능성이 크니까요."

"더욱 특별한 이유가 있었던 거네요."

"작년 겨울 『The Rape of Nanking』이 출판되자 다양한 국적의 기자들이 저에게 인터뷰를 요청했어요. 그런데 한국 기자가 없어 무척 서운했어요. 한국 기자를 많이 기다렸거든요."

"왜 한국 기자를 기다렸어요?"

"한국인은 일본 군국주의의 희생자였으니까요."

"아, 그렇군요."

나는 고개를 끄덕이긴 했으나 충분히 공감되지는 않았다. 역사적 맥락으로 옳은 말이긴 했지만 컬럼비아대학 교정은 그녀에게 역사적 맥락과는 관계가 먼 꿈의 공간이기 때문이었다.

"저에게 희생자란 말은 여느 말과 달라요. 저의 중심이자 세상의 중심이 되는 말이에요. 진주가 왜 아름다운지 아세요?"

예기치 않은 질문에 나는 눈을 깜박였다.

"쉬운 질문 같은데, 막상 대답을 하려니 어렵네요."

"색채 때문이에요."

그녀의 목소리가 청명하게 들려왔다.

"조개의 분비물이 굳어진 결정체가 진주예요. 조개는 이물질이 들어오면 몸을 체액으로 감싸 자신을 보호해요. 진주의 섬세한 나노 구조는 그런 체액들이 쌓이면서 형성된 결과물이죠. 진주 속으로 스며든 가시광선이 오묘하고 아름다운 색채를 발산하는 건 그런 독특한 구조 때문이에요. 희생자라는 말 속에는 이런 진주의 색채가 숨어 있다는 사실을 『The Rape of Nanking』을 쓰면서 깨닫게 되었어요. 그전에는 몰랐지요. 제가 책을 완성할 수 있었던 건 그분들의 희생이 제가 가야 할 길을 밝히고 있었기 때문이에요. 그분들의 희생 자체가 역사의 캄캄한 내부를 밝히는 진주 같은 발광체였던 거예요."

그녀는 『The Rape of Nanking』을 쓰지 않았다면 희생자가 어떤 존재인지를 깨닫지 못했을 거라고 말했다.

"난징 역사연구소 도서관에서 일본군 위안부에 관한 글을 보기 전까지 한국인들이 일본 군국주의로부터 겪은 고통을 제대로 몰랐어요. 자료 조사를 위해 난징에 머물렀던 1995년 여름이었어요. 혹시 리지샹(利濟巷) 위안소를 아세요?"

갑자기 뛰어나온 리지샹이라는 말에 가슴이 뜨끔했다.

"네."

나는 짧게 대답하며 커피 잔을 들었다.

"아, 아시는군요. 위안소라는 말이 기이하지 않나요?"

그녀는 고개만 끄덕이는 나를 가만히 보았다.

"그런 기이한 말은 찾기가 쉽지 않을 거예요. 생명의 중심을 갈기갈기 찢는 죄의 장소가 위안소라니……"

그녀의 얼굴빛이 하얘졌다.

"난징시 당안관(檔案館)에는 1938년 1월부터 1947년까지 작성된 일본군 위안부 자료가 있어요. 그 자료에 따르면 난징 일본군 위안소는 일본군이 난징에서 대학살을 일으킨 직후에 설치되었어요. 잘 아시겠지만 당시 난징은 일본군 상하이 파견군, 화중(華中) 파견군, 중국 파견군 총사령부가 있었던 만큼 군인들이 가장 많았어요. 그래서 위안부가 가장 많았던 거지요. 하지만 200여명의 한국 여성이 난징의 위안소에 있었다는 사실은 이해가 되지 않았어요. 한국이 난징과 가까이 있는 나라가 아니잖아요."

그녀는 나를 유심히 보며 말했다. 내 표정에서 무언가를 찾는 듯한 느낌이 들어 곤혹스러웠다

"그 의문을 푸는 과정에서 위안부가 어떤 존재였는지를 깨닫게 되었어요. 부끄러운 고백이지만 그전에도 위안부를 알고는 있었지만 실체를 제대로 깨닫지 못했어요. 아는 것과 깨닫는 것의 차이가 때때로 하늘과 땅의 차이일 수도 있다는 사실을 실감했어요. 일본군 위안소가 중국은 물론 아시아 태평양 전 지역에 설치되었고, 한국 여성들이 그 모든 지역으로 끌려갔다는 사실은 충격이었어요. 그보다 더 큰 충격은 여성들이 끌려간 과정과 그녀들이 겪었던 처참한 희생이었어요. 당시 전 책의 제목을 정하지 못한 상태였어요. 'The Rape of Nanking'은 제가 염두에 둔 제목 가운데 하나일 뿐이었어요. 제목이 너무 직설적이라 마음의 구석 자리로 밀려나 있었는데, 위안부라는 희생적 존재가 가슴에 새겨지자 마음의 중심으로 이동

했던 거예요. 그러니 제가 한국 기자를 기다리지 않을 수 있겠어요?"

"말씀을 들으니 많이 부끄럽습니다."

"그런데 기자님은……"

그녀는 눈을 가느스름하게 뜨며 나를 보았다.

"리지상에 대해 특별한 관심을 갖고 계신 듯하군요."

"제가 그렇게 보이나요?"

"네."

목소리가 낮지만 명료했다.

"리지상과 관련한 특별한 이야기를 갖고 계신 듯해요."

"왜 그렇게 생각하셨나요?"

나는 내심 당황하며 물었다.

"기자님의 얼굴에 그렇게 쓰여 있는 걸요."

그녀는 눈을 깜박이며 말했다. 곤혹스러웠다. 그녀가 내 표정에서 무엇을 읽었는지는 모르지만 리지상에 대해 나로부터 진정성이 결여된 이야기를 듣게 되면 나 역시 그녀로부터 진정성이 결여된 이야기를 들을 수밖에 없을 것이라는 생각이 들었다. 아이리스 장의 인터뷰 자리에서 고모할머니에 대해 이야기해야 하는 상황이 낯설고 당혹스러웠다.

"저의 고모할머니가…… 할아버지 여동생인데……"

뒷마당 단풍나무 앞에 비스듬히 서서 저문 하늘을 쳐다보는 고모할머니의 모습이 어른거렸다.

"그분이 리지샹에 끌려갔어요."

나의 말에 그녀는 눈을 휘둥그레 떴다. 놀라는 모습이 역력했다.

"언제였어요?"

잠시 멍한 상태에 있던 그녀가 작은 목소리로 물었다.

"그분이 열네 살 때인 1938년 9월이었어요."

고모할머니가 끌려간 곳은 리지샹의 4개 위안소 건물 가운데 2호 건물인 긴스이루(錦水樓)였다.

"열넷……"

그녀는 혼잣말하듯 중얼거렸다.

"어떻게 해서 끌려갔어요?"

"해가 질 무렵이었대요. 집으로 돌아가던 중이었는데……"

일본인 헌병과 조선인 형사가 그녀를 불러 세워 집이 어디냐, 가족이 어떻게 되느냐고 물었다. 또록또록 대답하던 그녀는 왜 늦도록 집에 가지 않고 돌아다니느냐는 물음에는 머뭇거렸다. 며칠 있으면 경성에서 내려오는 작은오빠의 생일 선물을 사려고 가게를 여러 군데 둘러보다 늦은 것이었다. 그녀가 머뭇거리자 두 남자는 갑자기 위협적인 목소리로 뭔가 이상하니 경찰서에 가야겠다면서 겁에 질린 그녀를 근처에 있는 트럭에 강제로 태웠다. 트럭은 대전역 앞에 멈추었고, 그녀는 또래로 보이는 여덟명의 소녀들과 함께 기차에 태워졌다. 다음날 아침 객차에서 화차로 옮겨진 후로는 기차가 설 때마다 일본군들이 들이닥쳐 소녀들을 능욕했다. 기차가 몇번 정차했는지, 며칠이 지났는지 고모할머니는 기억하지 못했다. 난징역에 내려 긴스이루로 끌려갔다는 것만 기억했다.

"생각을 할 수 없네요. 열네살 소녀가 겪었을……"

그녀는 말을 잇지 못했다.

"제가 컬럼비아내학 출신 선생님을 짝사랑했을 때가 열네살이었어요. 아름다운 상상을 참 많이 했어요. 지금 생각하면 꿈속의 시간 같아요. 천국의 시간이었죠. 세상의 모든 것이 아름답게 보이는. 저에게 천국의 시간이 그 소녀에게는 지옥의 시간이었군요."

그녀의 눈자위가 금방 붉어졌다.

"그 소녀는 지옥의 시간을 어떻게 견뎠을까요?"

나를 향한 물음이었지만 그녀 자신에게 하는 물음 같기도 했고, 눈에 보이지 않는 어떤 존재를 향한 물음 같기도 했다.

"고래를 생각하며 견뎠다고 들었어요."

나의 말에 그녀의 눈이 반짝였다.

"고모할머니가 말씀하시길, 여름방학이라 대전 집에 내려와 있던 고보생 오빠가 어느 날 고래 이야기를 했대요."

마당 평상에 누워 있던 고보생은 옆에 누운 동생에게 우리의 고향이 어딘 줄 알아? 하고 물었다. 동생이 여기라고 말하자, 오빠는 피식 웃으며 바다라고 했다. 바다? 응, 바다. 왜 바다야? 난 바다를 본 적도 없는데. 진화라는 말은 알지? 진화? 생명체가 긴 세월 동안 변화해온 과정 말이야. 아, 알아. 생명체의 진화는 바다에서 육지로 올라오는 과정이었어. 컴컴하고 차가운 바닷속보다 밝고 따뜻한 햇볕이 있고 산소가 풍부한 육지가 살기에 훨씬 좋았기 때문이지. 그래서 사람이라는 생명체도 생겨난 거야. 그러니 우리의 고향은 바다지. 듣고 보니 그러네. 하지만 말이야, 육지에 올라온 수많은 생명체들 가운데 유독 한 생명체만은 다시 바다로 돌아가 자신의 몸을 바꾸어나갔어. 가느다란 꼬리는 꼬리지느러미로, 앞다리는 가슴지느러미로 변하고, 뒷다리는 짧은 뼈의 흔적만 남긴 채 사라지면서 바다에 살 수 있도록 생체 기능이 변화되어갔어. 그 생명체가 고래야. 아, 그렇구나. 근데 고래는 왜 바다로 돌아갔어? 바다가 그리워서 돌아간 게 아닐까. 그리움은 생명체를 움직이게 하는 가장 큰 힘이니까.

"고모할머니는 오빠의 목소리가 슬프게 들려 자신도 슬펐대요. 그로부터 일년이 채 못 되어 난징의 긴스이루로 끌려가 지옥 같은 생활을 하면서 오빠의 슬픈 목소리와 함께 수천길 바다 밑을 자유롭게 유영하는 고래를 생각했대요."

"고래의 눈을 본 적이 있어요?"

내가 보지 못했다고 하자 그녀는 컴퓨터 스크린을 통해 볼 수 있다면서 꼭 보라고 했다.

"고래의 눈은 정말 깊어요. 너무 깊어 눈동자 속에 다른 세상이 있는 것 같아요. 귀신고래는요, 일년 동안 2만 킬로미터를 여행해요. 귀신고래의 수명은 40년인데, 평생 여행하는 거리가 지구에서 달까지의 거리예요. 귀신고래에게 북극 여행은 아주 가벼운 여행인 거죠. 제가 나비라면 열네살 소녀의 꿈속으로 날아 들어가 고래 이야기를 해줄 텐데……"

그녀의 눈에 눈물이 어렸다.

2

고모할머니의 고래 이야기를 들은 것은 고모할머니 집

에 은신하고 있을 때였다. 1985년 6월말 나는 지명수배자가 되어 도피 생활에 들어갔다. 수배자가 되는 순간 가족, 친척, 친구 등의 연고자들은 정보경찰의 감시 대상이 되므로 그들의 도움을 받을 수 없다. 하지만 어디에선가 잠을 자야 하고, 때가 되면 먹어야 한다. 한달 보름이 지나자 갈 데가 없었다. 오직 한곳 말고는. 수원 버스터미널에서 진천행 표를 샀다. 고모할머니의 슬픈 얼굴이 어렴풋이 떠올랐다.

삼촌 차를 타고 고모할머니 집에 처음 간 이후로 네번을 더 갔다. 두번은 아버지와 함께, 나머지 두번은 아버지 심부름으로 혼자 갔다. 처음 혼자 갔을 때 거기서 하룻밤을 잤다. 고모할머니가 직접 담근 더덕주에 취해 막차를 보내버린 것이다. 하지만 이번 방문은 달랐다. 거기에 얼마나 머물러야 할지 알 수 없었다. 일주일이 될 수도 있고, 한달이 될 수도 있었다. 분명한 것은 고모할머니의 집이 나에게 가장 안전한 은신처라는 사실이었다.

버스에서 내렸을 때 해가 서산으로 기울고 있었다. 지금이라도 발길을 돌릴까, 하고 생각해보았지만 어디로? 라는 물음에 생각은 맥없이 스러졌다. 고모할머니는 방에도 부엌에노 없었다. 집을 돌아 뒷마당으로 가니 단풍나무 앞에 서 있는 고모할머니의 뒷모습이 보였다. 나는 가만히 서서 고모할머니를 바라보았다. 몸이 왼쪽으로 약간 기울어진 듯했다. 고개도 함께 기울어져 있었다. 바람에 잎사귀가 쓸리고 산새가 퍼드덕 날아올라도 몸에 움직임이 없었다. 고모할머니가 고개를 돌린 것은 나의 기침 소리 때문이었다. 도피 생활 한달이 지나면서 감기 기운이 늘 몸 안을 떠돌았다. 놀란 듯한 고모할머니의 표정이 나를 알아보는 순간 환해졌다.

"단풍나무 앞에서 무슨 생각을 하셨어요?"

고모할머니의 환한 표정에 내 마음도 환해지면서 목소리가 경쾌하게 나왔다.

"사람 생각."

고모할머니는 약간 수줍은 표정으로 말했다.

"어떤 사람이에요?"

"듣고 싶니?"

"네."

"이야기가 길어."

"길면 좋죠. 할머니 집에 그만큼 오래 머물 수 있으니까요."

"무슨 일이 있구나."

고모할머니는 나를 물끄러미 보며 수심 어린 목소리로 말했다.

"할머니 이야기를 듣고 나서 제 이야기를 할게요."

뜻밖에도 무거웠던 마음이 가벼워지면서 고모할머니에게 어떤 말도 할 수 있을 것 같은 느낌이 들었다.

"내가 먼저 이야기를 해야겠네."

"더덕술 있어요?"

"그럼."

"저기서 마시면 좋겠네요."

나는 뒷마당 처마 아래에 있는 오래된 나무탁자를 가리켰다. 처음 더덕술을 마신 곳이었다. 그때 막차를 보낸 것은 취기 속의 가을 풍경이 너무 좋았기 때문이다. 술기에 얼굴이 발그레해진 고모할머니의 모습도 보기 좋았다. 신경을 곤두세우며 머물 데를 찾아 거리를 떠돌던 한달 보름 동안 그 풍경이 자주 떠올랐다. 그럼에도 애써 피한 것은 숨어 있어야 하는 이유를 설명해야 하기 때문이었다. 고모할머니가 나의 도피 이유를 이해할 수 있을지, 이해를 한다고 해도 어떻게 받아들일지, 아버지에게 알리지 않을지 등등을 생각하면 머릿속이 캄캄해졌다.

"얼굴이 좋아 보이지 않는데 괜찮겠어?"

고모할머니는 걱정스러운 표정으로 물었다.

"할머니와 함께 더덕술을 마시면……"

나는 들뜬 목소리로 말했다.

"금방 좋아질 거예요."

"그럼 마셔야겠네."

고모할머니는 잠깐 기다리라고 하면서 부엌으로 연결된 쪽문으로 들어갔다. 얼마 후 나무탁자에 더덕술과 함께 도토리묵 무침과 볶은 멸치, 황태채에 이어 맑은 미역국이 올라왔다. 미역국 한숟갈을 입안에 넣자 눈물이 핑 돌았다.

"미역국이 아주 맛있네요."

"작은오빠가 미역국을 무척 좋아했어. 방학이 다가오면 엄만 미역을 넉넉히 사다놓으셨지."

"작은할아버진 어떤 분이셨어요?"

"세상에서 가장 놀라운 이야기를 해준 분이었어."

"어떤 내용이기에 세상에서 가장 놀라운 이야기예요?"

"고래 이야기."

고모할머니의 입가에 미소가 어렸다.

"그 이야기를 듣지 못했다면 난 집에 돌아올 수 없었을 거야."

고모할머니가 난징을 떠나 상하이에서 배를 타고 인천에 도착한 것은 1946년 6월이었다. 칠팔백명이 탈 수 있는 큰 배였다. 난징으로 끌려간 지 팔년이 지나서였다. 서울역에서 기차를 타고 대전역에 내렸을 때 오후 세시가 막

지나고 있었다. 역에서 집까지는 걸어서 30여분의 거리였다. 집 앞에 도착하니 대문이 반쯤 열려 있었다. 마당 평상에서 증조할아버지가 일곱살, 다섯살 손자들과 함께 강정을 먹고 있었다. 일곱살 아들이 아버지였고, 다섯살 아들은 삼촌이었다.

"열세살 되던 여름이었어. 오빠와 평상에 누워 이런저런 이야기를 하던 중 오빠가 우리 고향이 어딘 줄 아느냐고 물었어. 그 물음이 고래 이야기로 이어지는 줄 난 까맣게 몰랐지."

고모할머니는 작은할아버지의 고래 이야기를 하면서 여러차례 눈시울을 붉혔다.

"난징에서 나를 친동생처럼 보살피던 언니가 스스로 목숨을 끊었을 때 난 무서웠어. 너무 무서워 언니를 따라가려고 했어. 무서움에서 벗어날 수 있는 방법은 그 길밖에 없었으니까. 하지만 막상 하려니까 새로운 무서움에 몸이 덜덜 떨렸어. 서로 다른 무서움 속에서 허우적거리고 있었을 때 고래가 보였어. 바다에서 따뜻한 햇볕이 있는 땅으로 올라갔다가 다시 바다로 돌아온 고래 말이야. 그 순간 고래는 나에게 오빠였어. 오빠가 나를 찾으려 햇볕이 있는 땅을 떠나 수천길 바닷속으로 들어온 거라고 생각하니 마음속에 작은 등불이 켜지는 듯했어."

아버지는 고모할머니를 처음 보았을 때를 기억하고 있었다. 강정을 입안에 넣고 오물거리고 있는데 대문가에 우두커니 서 있는 낯선 여자가 보였다고 했다. 손님이 왔다는 아버지의 말에 증조할아버지가 고개를 돌리자 고모할머니는 증조할아버지에게 다가오더니 무릎을 꿇었다. 증조할아버지는 황급히 자세를 고쳐 앉으며 당황한 목소리로 누굴 찾아왔느냐고 물었다. 고모할머니는 증조할아버지를 올려다보며 겨우 들리는 목소리로 뭐라고 말했는데, 아버지는 무슨 말인지 못 알아들었다. 증조할아버지는 고모할머니를 한참 살피더니 네가 영선이냐고 떨리는 목소리로 물었다.

"죽은 언니는 어떤 분이었어요?"

"분희 언닌 지옥 같은 곳에 끌려와 숨도 제대로 쉬지 못하는 열네살의 나를 따스하게 껴안고 생명의 숨을 불어넣었어. 내 곁에 분희 언니가 없었다면 난 오빠의 고래를 만나기도 전에 죽었을 거야. 난 죽지 않았는데, 분희 언닌 죽었어. 독한 소독제를 마시고. 나에겐 분희 언니가 있었지만 분희 언니에겐 숨을 불어넣어주는 이가 없었던 거지."

고모할머니의 눈에 눈물이 어렸다.

"그들은 죽은 언니의 몸을 불에 태웠어. 다음 날 새벽 난 태운 자리로 몰래 가서 재에 묻힌 뼈 몇조각을 찾아 간직했어. 언니 몸의 일부라도 내 곁에 두어야만 했으니까. 그땐 뼛조각을 갖고 언니 집을 찾아갈 줄은 꿈에도 몰랐어. 상하이에서 배를 타기 전까지 내가 집에 갈 수 있으리라고 생각한 적은 한번도 없었으니까. 배를 타고 보니 바다에도 집으로 가는 길이 있구나, 하는 놀람과 함께 오빠의 고래가 떠오르면서 희망이 생기더구나. 그 희망이 마냥 좋지만은 않았어. 가족에게 뭐라고 말해야 할지를 생각하면 눈앞이 캄캄했어. 그 캄캄함 속에서 유일한 위안은 어머니였어. 어머니에게는 내가 할 수 있는 말이 있으리라고 생각했던 거야. 하지만 집에 가니 어머니가 보이지 않았어."

팔년 만에 집으로 돌아온 고모할머니가 증조할머니를 찾았을 때 증조할아버지의 가슴이 꽉 막혔다. 어린 딸이 사라지자 증조할머니는 아침부터 어두워질 때까지 대전 시내를 샅샅이 훑었다. 그러던 어느 날 대전역에서 딸과 닮은 여자아이를 보았다는 이웃 사람의 말을 듣고부터 대전역 주변을 거의 매일 돌아다녔다. 가을이 오면서 몸져눕는 날이 많아졌다. 그러다 조금이라도 기운이 돌아오면 집을 나섰다. 아무리 말려도 소용없었다. 겨울의 혹독한 추위도 증조할머니의 발길을 막지 못했다. 봄이 오고 딸이 사라진 5월이 오면서부터 증조할머니의 기력이 급격히 떨어졌다. 증조할머니가 길에 쓰러져 며칠 후 숨을 거둔 것은 그해 6월이었다.

"어머니가 계시지 않으니 내가 할 수 있는 말이 없었어. 가슴속에는 온갖 말들이 들끓는데 아버지에게, 큰오빠에게, 처음 보는 올케에게 할 수 있는 말이 하나도 없었던 거야. 난 서울에 있는 작은오빠만 기다렸어. 작은오빠에겐 어머니에게만큼은 아니더라도 할 수 있는 말이 있을 것 같았으니까. 하지만 작은오빠 좀처럼 오지 않았어. 올케 말로는 연락이 잘 안된다고 했어. 작은오빠가 집에 온건 일주일이 지나서였어. 바깥에서 대문 열리는 소리와 함께 작은오빠의 목소리가 들려오자 가슴이 뛰기 시작했어. 방에서 나가야 한다는 생각을 하면서도 난 꼼짝을 못했어. 몸이 움직여지지 않았으니까. 어떤 거대한 손이 내 몸을 꽉 움켜쥐고 있는 것 같았어. 숨도 제대로 쉴 수 없었어. 얼마나 시간이 지났는지 몰라. 문 여는 소리가 나면서 작은오빠가 보였어. 나중에 들었는데, 내가 겁에 질린 얼굴로 두 팔을 옆구리에 붙인 채 바들바들 떨고 있었다고 했어. 난 기억나지 않았지만 왜 그런 행동을 했는지는 알 것 같았어. 작은오빠에게는 난징에서의 내 모습을 오히려 더 숨기고 싶어 한다는 사실을 정확히 알아버렸으니까."

고모할머니는 작은할아버지에게 일본군이 자신을 난징까지 끌고 갔다는 말만 했을 뿐 팔년 동안 난징에서 어떻게 살았는지에 대해서는 침묵했다. 그럼에도 작은할아버지는 절로 알게 되었다. 여동생의 표정에서, 목소리에서, 울음소리에서 그것이 보였다. 작은할아버지도 침묵할 수밖에 없었다. 작은할아버지의 침묵은 가족 모두의 침묵으로 이어졌다. 14세부터 22세까지의 생애가 사라져버린 고모할머니의 모습이 가족에게 낯설게 보일 수밖에 없었다. 그 낯섦 속에는 낯익음이 있었다. 표정의 변화가 거의 없는 바짝 마른 얼굴과 공허한 눈빛, 죽은 듯이 누워 있거나 무서운 꿈에 허우적거리는 모습들이 증조할머니가 세상을 뜨기 전에 보인 모습과 흡사했다.

"집을 떠날 수밖에 없었어. 집에 돌아온 내 모습이 나에게도 가족에게도 열네살의 나와는 아무런 관계가 없는 사람처럼 느껴졌으니⋯⋯"

집에 돌아온 지 3개월이 지난 9월 어느 날 고모할머니는 증조할아버지에게 갈 데가 있다고 말했다. 무슨 일로 어디를 가느냐는 물음에 고모할머니는 난징에서 자신을 많이 도와준 언니의 유품을 가족에게 전해야 한다고 대답했다. 언니라는 사람이 어떻게 도와주었으며 무슨 일로 세상을 떠났느냐는 증조할아버지의 물음에는 고개를 푹 숙인 채 침묵했다. 언제 돌아올 것이냐는 물음에도 침묵했다.

"분희 언니 집에는 언니의 할머니만 계셨어. 분희 언니 부모는 해방 전 식구와 함께 일자리를 찾아 일본으로 건너가 돌아오지 않았던 게야. 할머닌 내가 가져간 언니의 뼈를 보며 오랫동안 눈물을 흘렸어. 그러고는 뼈를 곱게 빻아 마당에 있는 단풍나무 밑에 묻었어. 분희 언니가 태어난 해에 심은 단풍나무라고 하면서."

"저 단풍나무 앞에서 고모할머니가 생각하신 사람이 분희 언니였군요."

"그래 맞아."

고모할머니는 쓸쓸히 웃으며 고개를 끄덕였다.

"할머닌 나를 분희 언니처럼 대했어. 그러니 분희 언니 이야기를 하지 않을 수 없었지. 나와 분희 언니는 같은 생활을 했으니 분희 언니 이야기가 곧 내 이야기였어. 난 말을 하면서 울고, 울면서 말을 했어. 내가 울면 할머니도 울었어. 난 처음으로 마음껏 말을 했고, 마음껏 울었어. 그러고 나니 잠이 쏟아져 내렸어. 난징으로 끌려간 이후 한번도 제대로 자본 적이 없었는데 그때 처음으로 깊은 잠에 빠져들었어. 열흘 가까이 구석진 방에서 죽은 듯이 잤어. 그동안 밥을 몇 끼 먹었는지 생각이 안 났어. 내 앞에 밥상

130

을 갖다놓는 할머니의 모습만 어렴풋이 떠올라. 분희 언니 집에서 지낸 지 한달이 조금 지나 할머니가 적어준 주소를 들고 언니 집을 떠났어. 오고 싶으면 언제든지 다시 오라는 그분의 말을 가슴에 담고서."

고모할머니의 표정이 아련해졌다.

"분희 언니 할머니가 알려준 주소는 내 떠돌이 생활의 첫 거처였어. 처음 집을 떠났을 때는 분희 언니 유골만 전해주고 돌아올 예정이었어. 갈 데가 없었으니. 할머니에게 나는 분희 언니의 기막힌 삶을 함께한, 그래서 잃어버린 손녀를 느끼게 하는 온전한 사람이었어. 말을 할 수 있고, 제대로 울 수 있는. 그전까지 난 온전한 사람이 아니었던 거지. 온전한 사람이 되니 비로소 꿈을 꿀 수 있었어. 자유롭게 살고 싶다는 꿈 말이야. 생각해보면 나는 끌려간 이후 팔년 동안 갇혀 살았어. 꽁꽁 묶인 삶이었지. 집에 돌아와 보니 팔년의 삶 때문에 다시 삶이 묶여버렸어. 난 묶인 삶을 더이상 되풀이할 수 없다고 생각했어. 다시 그런 삶을 산다는 건 팔년의 삶에 무릎 꿇는 일이었으니까. 그건 나를 모욕하는 행위일 뿐 아니라 가족을 모욕하는 행위이기도 했어."

"고모할머니의 그 말씀이 저를 얼마나 안도하게 하는지 잘 모르실 거예요."

"알게 해주렴."

고모할머니는 미소를 지으며 말했다.

"한달 반 전부터 전 경찰에 쫓기는 신세가 되었어요. 제가 도망을 다닌 것은 경찰에 잡히면 저와 관련된 이들에게 피해가 갈 뿐 아니라 우리가 가치 있게 여기는 활동에 손상을 끼치기 때문이에요."

나의 말에 고모할머니의 얼굴에 걱정스러운 표정만 나타날 뿐 놀라는 기색은 조금도 없었다. 내가 그런 말을 하리라고 예상한 것처럼 느껴졌다.

"피해 다니는 동안 고모할머니 집에 무척 오고 싶었어요. 저에게 안전하면서도 편안한 장소이니까요. 그럼에도 다른 곳을 찾아다닌 건 고모할머니에게 지금이 얼마나 불행한 시대인지를, 정치군인들의 권력욕으로 민주주의가 얼마나 무참하게 무너지고 있는지를, 그래서 자신을 버리는 행위가 자신을 살리는 행위라고 말한다면 고모할머니가 어떻게 받아들이실까, 하는 걱정 때문이었어요. 제가 이 일을 하기까지 가장 힘들었던 건 부모님 때문이었어요. 부모님이 걱정하실 것을 생각하면 가슴이 내려앉았어요. 그럼에도 이 일을 선택한 건 선택하지 않음으로써 제가 견뎌야 하는 괴로움 때문이었어요. 고모할머니의 말씀처럼 삶이 묶여버리게 되는 상태를 견디기 힘들었던 거지요. 전 이 묶임의 대상이 저라고만 생각했을 뿐 부모님은 생각하지 않았어요. 그러니까 저를 묶는 행위가 부모님까지 묶는 행위라는 사실을 몰랐던 거예요."

"네 말을 들으니 작은오빠가 생각나는구나."

고모할머니는 잠긴 목소리로 말했다.

"오빠가 나를 찾아 서해 바닷가 염전으로 온 건 1967년 봄이었어."

"염전에도 계셨어요?"

"이리저리 떠돌다보니 거기에도 가게 되더구나. 처음엔 몰랐는데 거긴 참 좋은 곳이었어."

고모할머니의 입가에 미소가 번졌다.

"해가 저물고 있었지. 들판이 보이더라. 흐리고 낮은 들판이었어. 들판 너머에는 은빛 물이 있더구나. 은빛 물이 염전임을 버스에서 내린 후에야 알았단다. 소금 만드는 광경을 보았니?"

"보지 못했어요."

"바닷물의 염도는 3도가량 돼. 이 바닷물을 염밭으로 끌어올려 염도를 조금씩 높여가는데, 염도가 25도에 이르면 바닷물이 소금으로 변하기 시작하지. 지금도 눈에 선해. 햇빛과 바람 속에서 바닷물이 소금으로 변하는 모습이. 그 모습을 보고 있으면 내가 깨끗해지는 것 같았어. 나에겐 참으로 값진 노동이었지. 난 늘 깨끗해지고 싶었으니까. 그런 노동을 하고 있을 때 오빠가 찾아온 거야. 난 깜짝 놀랐어. 처음으로 오빠가 나를 찾아왔으니 놀랄 수밖에. 그동안 대전 집에서 가끔씩 보곤 했지. 내가 집을 간간이 찾았으니까. 연락을 받은 오빠가 서울에서 대전 집으로 내려올 때도 있었고 오지 못할 때도 있었어. 오빠가 나를 찾은 건 피신할 때가 필요했기 때문이었어. 너처럼 말이야."

고모할머니는 슬픈 눈빛으로 나를 보았다.

"오빠는 염전 근처 오두막에서 열여덟 밤을 지내고 떠났어. 그 밤을 하나하나 세어나가던 어느 날 그동안 오빠에게 하지 못한 말을 비로소 했어. 열네살 아이가 어떻게 몸이 산산이 부서지면서 먼 곳으로 끌려갔는가를, 그 지옥을 어떻게 견뎠는지를. 오빠에게 고래 이야기를 하고 나니 내 안에서 태아처럼 웅크리고 있던 열네살 아이가 몸을 펴며 기쁨의 눈물을 흘리더구나. 오빠도 눈물을 많이 흘렸어. 오빠가 떠나는 날 난 열네살 아이와 함께 오빠를 배웅했어. 자꾸 뒤를 돌아보던 오빠의 모습을 잊을 수 없어. 그 뒤 오빠는 영원히 사라졌으니까."

"영원히 사라졌다고요?"

교통사고로 돌아가셨다고 들은 나는 놀라 물었다.

"오빠 흔적도 없이 사라졌어. 가족들은 오빠 주변 사람들은 물론 오빠와 조금이라도 관계가 있는 사람이면 수소문해서 만났지만, 만나는 사람들이 늘어날수록 그들의 얼굴은 점점 어두워져갔어. 그해 말 재판정에 오빠처럼 사라진 사람들이 나타났는데, 오빠 없었어."

"무슨 재판이었어요?"

"그건 아버지에게 물어보렴."

목소리에 물기가 느껴졌다.

"내가 염전을 떠나지 못한 건 오빠가 다시 찾아올지도 모른다는 희망 때문이었어. 작별도 하지 않고 떠날 오빠가 아니라는 믿음 속에서 기다렸던 거야. 기다리는 동안 오빠가 머문 빈 오두막에서 하모니카 소리가 흘러나오곤 했어. 오빠 고보 시절부터 하모니카를 기막히게 불었지. 오빠 생일 선물을 사려고 가게를 둘러보던 그날 내가 고른 것은 하모니카였어. 오빠의 하모니카가 많이 낡아 있었거든. 그때 산 하모니카를 언제 어떻게 잃어버렸는지 기억이 안 나. 트럭까지 강제로 끌려가는 동안 잃어버렸는지, 대전역에서 기차를 타기 전 누구에겐가 빼앗겼는지, 기차 안에서 흘렀는지, 기억이 전혀 없어. 난징의 끔찍한 방에서 난 하모니카가 나에게 돌아오기를 간절히 기다렸어. 내가 알지 못하는 힘에 의해 하모니카가 나에게로 돌아올 수 있다고 생각했던 거야. 꿈인지 환각인지 알 수 없지만 오빠의 하모니카가 은빛 새처럼 나를 향해 날아오는 모습을 보곤 했어."

고모할머니의 눈에 눈물이 비쳤다.

"언젠가부터 사라진 오빠가 꿈에 나타났어. 몸의 윤곽이 너무 희미해 금방이라도 사라질 것 같아 마음이 조마조마했지. 그럼에도 오빠에게서 생명의 기운이 느껴졌던 것은 눈빛 때문이었어. 날 바라보는 오빠의 눈은 슬펐어. 금방이라도 눈물이 떨어질 것 같았어. 오빤 나에게 말을 건네곤 했지만 나에게 닿기도 전에 공중으로 흩어졌어. 그럴 때마다 난 새가 되고 싶었어. 새라면 공중으로 흩어지는 오빠의 말을 들을 수 있을 것 같았으니까."

고모할머니는 저문 하늘을 쳐다보며 독백하듯 말했다.

"내가 염전을 떠난 건 오빠가 사라진 지 7년이 흘렀을 때였어. 그동안 떠나야지, 떠나야지 생각하면서도 떠나지 못했어. 염전을 떠난다는 건 오빠가 영원히 떠났다는 사실을 받아들이는 행위이니까. 하지만 오빠를 보내야 한다는 걸 알고 있었어. 그 기다림은 어쩌면……"

뭔가를 생각하던 고모할머니가 다시 입을 열었다.

"초혼이었는지도 몰라."

망자와 가까운 사람이 지붕과 같은 높은 곳에 올라가

망자의 윗옷을 흔들며 육신을 떠난 혼에게 돌아오라고 외치는 의식이 초혼이다. 그래도 혼이 돌아오지 않으면 비로소 죽음을 받아들이며 작별을 완성한다.

"염전을 떠나 간 곳은 분희 언니 집이었어. 분희 언니 할머닌 전쟁 중에 돌아가셨다는 사실을 나중에 알았어. 그분이 돌아가신 후 가까운 친척이 들어와 살다가 누구에겐가 판 후 떠났고, 새로운 주인이 몇년 후 다시 팔았는데, 그런 과정이 되풀이되다 언젠가부터 빈집이 되어버렸어. 산속 외딴집이라 살 사람이 없었던 거야. 그래서 내가 살 수 있었던 거지. 헐값이었으니까."

"그럼 이 집이……"

"내가 더이상 떠돌지 않고 정착한 것은 여기가 분희 언니의 집이기 때문이야. 분희 언니가 묻힌 저 단풍나무를 보고 있으면 마음이 가라앉아. 여기에 나 혼자 사는 게 아니야. 열네살의 나와, 열네살의 나를 돌보던 분희 언니와 함께 살고 있어."

야위어 푹 꺼진 고모할머니의 뺨에 홍조가 어렸다.

"내 마지막 소원은……"

고모할머니가 나를 가만히 보며 말했다. 눈에는 슬프고 따스한 빛이 서려 있었다.

"죽은 내 몸이 깨끗하게 보였으면 하는 것이야. 깨끗하게, 아주 깨끗하게⋯⋯"

고개를 한쪽으로 기울인 채, 먼 곳 어딘가를 바라보며 간절한 목소리로 말했다.

3

워이커씽 씨에게 전화한 것은 아이리스 장의 죽음에 대해 이야기를 나누고 싶었기 때문이다. 『The Rape of Nanking』을 두고 워이커씽 씨와 의견을 주고받은 적이 있었다. '난징학살 심포지엄' 일정을 마치고 베이징으로 돌아가던 비행기 안에서였다. 『The Rape of Nanking』에 대한 일본 쓰루문과대학 교수의 평가가 청중들에게 많은 반응을 얻었고, 연단에 올라온 워이커씽 씨가 책의 내용을 인용한 데다 나 역시 그 책에 특별한 관심을 갖고 있었기에 대화가 자연스레 이루어진 것이었다.

우리는 11월 13일 저녁 술도가에 딸린 작은 방에서 만났다. 뉴욕에서 아이리스 장의 추도식이 열리는 날이었다. 베이징과의 시차가 13시간이니 우리가 추도식을 먼저한 셈이었다.

"당신의 전화를 받기 전 난징 역사연구소로부터 장의

죽음을 전해 들었소."

난징 역사연구소는 난징학살을 가장 체계적으로 연구하고 사료를 발굴하는 연구기관이다. 워이커씽 씨가 아이리스 장을 그냥 장이라고 말했을 때 가까운 지인을 부르는 듯한 친숙함이 느껴져 얼떨떨했다. 베이징행 비행기 안에서 아이리스 장에 대해 꽤 오래 이야기를 나누었고, 더욱이 내가 컬럼비아 대학 교정에서 그녀를 인터뷰했다고 말했음에도 그로부터 장과 친분이 있다는 말을 듣지 못했던 것이다.

"아이리스 장과 교유하셨나보군요."

"1995년 여름이었소. 난징 역사연구소에서 전화가 왔소. 미국에 거주하는 중국계 2세 논픽션 작가가 난징학살 취재를 위해 난징에 온다면서 내 도움이 필요하다고 했소. 그 작가가 장이었소. 당시 난 장을 전혀 몰랐소. 장의 국적이 미국이며, 장의 첫번째 책 『Thread of the Silkworm』의 완성도가 매우 높다는 사실, 그리고 무엇보다 난징학살에 대해 영어로 쓴 책이 처음 발간된다는 사실 때문에 역사연구소는 장의 작업을 대단히 중시했소. 난징학살을 국제사회에 알리는 데 큰 역할을 하리라고 기대했던 거요."

『Thread of the Silkworm』은 중국과 미국을 배경으로

냉전의 소용돌이에 휩쓸렸던 중국인 과학자의 생애를 그린 논픽션이다.

"장은 난징에 한달 남짓 머물면서 학살과 연관된 유적 답사와 자료 조사, 생존자들과의 인터뷰 등을 할 예정이라고 했소. 그 작업 과정에 나의 참여가 필요하다는 거였소. 난 이해가 가지 않았소. 역사연구소에 전문 연구자들이 충분히 있음에도 베이징에 있는 나를 굳이 끌어들이려고 하니 말이오. 그런 생각을 밝히자 역사연구소 연구자들도 당연히 참여한다면서, 작가가 일본을 잘 아는 사람을 특별히 원한다고 했소."

"선생님은 역사연구소에서 일본을 잘 아는 분으로 통하셨군요."

"어쩌다보니 그렇게 되었소."

그는 겸연쩍은 표정으로 말했다.

"첸 감독에게 선생님이 오래전부터 일본에 자주 가신다고 들었습니다. 첸 감독은 일본 문화에 대한 관심 때문으로 알고 계시더군요. 전 난징학살과도 무관하지는 않다고 생각합니다만……"

"난징학살은 나에게 숙명적 사건이었소. 그러니 내가 어디에 있든 난징학살과 무관한 삶을 산다는 게 불가능하지 않겠소. 아무튼 역사연구소의 제의를 받아들인 후 난징에서 만나야 할 작가에 대해 곰곰이 생각해보았소. 1968년생이라고 했으니 1995년 당시에는 스물일곱이었소. 미국에서 자란 스물일곱살 여성이 난징학살을 쓰려고 한다는 사실 자체가 희귀한 일이었소. 그러니 그녀가 궁금해질 수밖에 없지 않겠소."

그의 손이 술잔으로 향했다.

"장을 처음 만나 이야기를 나누었을 때 난 무척 놀랐소. 그녀의 쾌활함 때문이었소. 쾌활함은 그녀의 젊은 에너지에서 흘러나오고 있었소. 밝고 투명한 에너지였소. 그 생명력에 마음이 설렜소. 난징의 심연 앞에서 난 언제나 노인이었소. 소년일 때도, 청년일 때도 그랬고, 지금도 그렇소. 얼굴이 노인처럼 쭈글쭈글한 소년을, 청년을 생각해보오. 난 그런 얼굴로 난징의 골짜기를 서성거렸소. 그 골짜기로 밝고 투명한 생명체가 들어온다고 하니 마음이 설레지 않을 수 있겠소. 하지만 불안도 있었소. 난징학살을 들여다본다는 건 벼랑 끝까지 걸어가 벼랑의 심연을 들여다보는 행위이오. 그 벼랑은 역사의 벼랑이자 영혼의 벼랑이오. 난징은 나에게 온갖 것들의 벼랑이었소."

장의 밝고 투명한 에너지가 그런 벼랑을 제대로 견딜 수 있을까, 하는 불안이었다고 했다.

"난징의 골짜기는 암흑의 진창이오. 그 진창을 헤쳐나

가려면 일상의 에너지로는 힘들지 않겠소. 장은 학살과
관련한 자료들을 세심히 들여다본 후 그 현장을 빠짐없이
찾아다녔고, 생존자를 인터뷰했소. 장의 질문은 명료하고
예리했소. 그리고 집요했소. 장의 집요함은 그녀의 천성
처럼 느껴졌소. 그런 작업을 하는 동안 어떤 생각에 골몰
하는 모습을 적잖게 보았소. 그럴 때면 아이가 얼굴을 찡
그리고 있는 듯한 표정이 느껴졌소. 언젠가 그런 느낌을
말하자 장은 어릴 적부터 부모님에게 들었던 난징학살 이
야기가 너무 끔찍해 현실 너머의 풍경 같았다고 하면서,
그때의 기억이 자신도 모르게 얼굴에 나타났는지도 모르
겠다고 했소. 그러던 어느 날이었소. 해가 져서 어둑한 시
각이었는데, 장이 전화를 해 술을 마시고 싶다고 했소. 그
건 이례적인 일이었소."

　그동안 장은 그와 여러차례 술자리를 가졌지만 잘 마
시지 못한다고 하면서 술잔에 거의 손을 대지 않았다고
했다.

　"그럼에도 술자리를 마다하지 않았던 건 내 술버릇 때
문이었소. 술을 마셔야 내 입에서 말이 잘 나온다는 걸 알
았던 거요. 그날 장은 무척 지쳐 보였소. 표정도 어두웠소.
애써 짓는 미소가 슬퍼 보였소. 술잔을 든 그녀는 바이주
냄새가 참 좋다고 하면서 한모금 마셨소."

처음에는 입술을 축이는 정도였는데 입안에 머금는 양
이 조금씩 늘어났다고 했다.

4

"어제는 리슈잉 할머니를 만났는데 할머니께서 선생님
을 찾으셨어요."

"전날 과음을 해서……"

워이커씽 씨는 무안한 표정으로 말했다.

"제가 그렇게 말씀을 드렸더니 할머니께서 선생님이
술을 너무 좋아하신다면서 건강을 걱정하셨어요. 생존자
분들이 한결같이 선생님을 좋아하셔서 약간 놀랐어요."

"내가 먼저 그분들을 좋아했소."

"아, 그게 비결이었군요."

장은 미소를 머금으며 고개를 끄덕였다.

"리슈잉 할머니의 건강은 어떠시던가요?"

"연세가 일흔여섯이신데 생각보다 건강하신 것 같아
요. 기억력도 무척 좋으시고요."

일본군이 난징으로 밀려들어올 때 리슈잉은 임신 7개
월이었다. 군무원이었던 그녀의 남편은 군인들이 빽빽하

게 들어찬 기차 안으로 들어가지 못해 지붕으로 올라가 간신히 난징을 빠져나갔다. 리슈잉이 함께 가지 못한 것은 배 속의 아이 때문이었다. 그녀는 난징 거주 외국인들이 만든 '난징안전지대'의 도움으로 다른 여성들과 함께 초등학교 지하실에 숨어 지냈다. 일본군에 붙잡히면 강간당한 후 살해당한다는 말이 파다하게 퍼져 있었다. 일본군들이 젊은 여성을 찾는 데 혈안이 되어 있는 상황에서 문제는 '난징안전지대'가 결코 안전한 곳이 아니라는 점이었다. 일본군 지휘부는 민간인을 대상으로 한 일본군의 폭력에 대해 외국 대사관의 항의는 물론 자국 대사관의 항의도 대수롭지 않게 생각하는데다 병사들을 제대로 통제하지 못하고 있었다. 그래서 외국인들마저 난징안전지대로 난입하는 일본군에 속수무책이었던 것이다.

"난징에 오기 전까지는 활자와 사진과 영상을 통해 난징학살을 보고 느껴왔어요. 그러다 작년 12월 여성 희생자들의 흑백사진들을 보면서 그전과는 다른 충격을 받았어요. 여성은 생명을 잉태할 수 있어요. 그건 태어나면서 이루어지는 본래적 존재성이죠. 그 존재성이 갈기갈기 찢긴 여성들의 모습을 보면서 이건 저쪽 세계에서 일어난 일이야, 빛이 부족해 제대로 보이지도 않잖아, 하고 마음속으로 중얼거렸어요. 그러다 제가 끝이 보이지 않는 터널 속에 있다는 느낌이 일면서 여기에서 나가야 한다는 생각에 사로잡혔어요. 그럼에도 나갈 수 없다는 예감이 동시에 드는 거예요. 보지 말았어야 할 것을 보았다는 생각과 함께 말이에요. 한번 보면 절대로 잊을 수 없는 사진이었으니까요."

리슈잉이 숨어 지내던 초등학교 지하실로 일본군이 들이닥친 것은 12월 19일이었다. 그녀는 강간당하고 죽느니 지금 죽는 게 낫다는 생각에 지하실 벽에 머리를 찧다가 정신을 잃었다. 얼마 후 깨어나보니 그녀는 자신이 간이침대에 누워 있다는 것을 알았다. 한 노파가 다가와 일본군이 젊은 여자들을 끌고 갔다면서 몇살이냐고 물었다. 열여덟살이라고 대답하자 노파는 네가 벽에 머리를 찧지 않았으면 일본군에 끌려갔을 것이라고 말했다.

"리슈잉 할머니가 지하실 벽에 머리를 찧다 정신을 잃었다고 말씀하셨을 때 흑백사진 속 여성들이 떠올랐어요. 그 순간 그녀들이 저에게 말을 거는 듯한 느낌이 들어 깜짝 놀랐어요. 그전처럼 비현실적으로 느껴지지 않았던 거예요."

얼마 후 일본군 세명이 다시 내려왔다. 두명은 여자 몇을 끌고 나갔고, 나머지 한명은 간이침대에 누워 있는 리슈잉을 유심히 살피더니 거기에 있는 사람들을 바깥으로 내보냈다. 강간을 피할 수 없다고 직감한 리슈잉은 침대에서 뛰쳐나와 허리에 찬 일본군의 총검을 빼냈다. 놀란 일본군이 총검을 빼앗으려고 리슈잉의 손목을 움켜쥐자 그의 팔을 물어뜯었다. 그가 두렵지 않았다. 그를 두려워하면 몸속의 아이를 지킬 수 없다는 절박함 때문이었다. 리슈잉의 맹렬한 기세에 당황한 일본군이 소리를 질렀다. 조금 후 달려온 일본군 두명은 눈앞의 광경에 아연했다. 두 사람이 뒤엉켜 사투를 벌이고 있었던 것이다. 리슈잉은 몸집이 작은 일본군을 방패로 삼아 그들의 공격을 막으려 했다. 하지만 얼마 후 기력이 떨어졌고, 일본군의 총검에 찔려 정신을 잃었다. 벽과 침대, 마룻바닥이 피투성이였다. 일본군은 그녀가 죽었다고 판단하고 그곳을 빠져나갔다. 난민들이 그녀를 매장하려고 땅을 파던 도중 그녀 입에서 피가 번져 나오는 것을 누군가가 발견해 난징대학병원으로 옮겼다. 의사가 총검에 찔린 서른일곱 군데의 상처를 꿰매는 동안 리슈잉은 정신을 잃은 상태에서 유산했다.

"리슈잉 할머니가 이제는 팍삭 늙어버려 주름이 얼굴 상처를 감춰주지만 젊었을 때는 정말 끔찍했다고 말씀하셨을 때 가슴이 울컥하면서 저도 모르게 그만……"

장은 쑥스럽게 웃으며 말을 흐렸다.

"사람들은 당신을 걱정하지만……"

그녀가 생존자와 인터뷰 도중 눈물을 자주 흘려 주변에서 마음이 너무 여린 것 같다고 걱정했다.

"난 걱정하지 않소. 당신의 내면에 깃든 아이가 얼마나 강인한지 알기 때문이오. 그 아이가 강인하지 않다면 당신은 난징의 골짜기로 들어오지 않았을 거요."

"선생님은 제 안의 아이를 느끼시는 유일한 분이에요. 이 사실만으로도 평생 감사할 거예요. 전 아이를 오랫동안 잊고 있었어요. 어린 시절 부모님에게서 들은 난징학살 이야기가 사실처럼 느껴지지 않았어요. 그건 아마도 상황에 대한 구체적 묘사가 결여되었기 때문이었을 거예요. 그럼에도 괴로웠어요. 악의 이야기였으니까요. 악의 실체를 확인하려고 도서관을 뒤졌으나 찾을 수 없었어요. 부모님의 말씀처럼 중국인이 잊어서는 안 되는 역사적 사건이라면 그것을 기록한 책이 있어야 하잖아요. 무척 혼란스러웠어요. 그러다 사춘기가 오면서 어떤 선생님을 좋아하게 되었어요. 아름다운 상상을 참 많이 했어요. 그런 상상을 하는 동안 난징학살이 머릿속에서 사라졌어요. 그렇게 잊힌 기억을 흑백사진 속 여성들이 일깨워준 거예요. 그분들을 만나지 않았다면 영원히 잊고 살았을 거예요. 하지만 그분들은 제게 너무 먼 존재였어요. 저쪽 세계에 존재하는."

그녀는 조심스럽게 술을 한모금 마셨다.

"사진이란 움직임이 정지된 시간의 토막이에요. 그분들의 사진을 본 후 그 시간의 토막들을 향해 쉼 없이 말을 걸었어요. 이쪽 세계에서는 저쪽 세계를 만날 수 없어요. 만날 수 없는 이들에게 왜 쉼 없이 말을 걸었을까요? 말을 건 이는 제가 아니었어요. 제 안의 아이였어요. 아이에게는 저쪽 세계가 나와 다르게 느껴졌던가봐요. 전 그런 아이를 애써 외면했어요. 두려움 때문이었어요. 끝이 보이지 않는 터널이 불러일으키는 두려움 말이에요. 그런 저를 바라보는 시선이 느껴졌어요. 아이였어요. 제 안의 아이가 바깥에서 절 바라보고 있었어요. 그 아인 제 안에 있으면서 바깥에 있었던 거지요. 저를 바라보는 아이의 눈은 슬퍼 보였어요. 금방이라도 눈물이 떨어질 것 같았어요. 그러니 두려움을 견딜 수밖에요."

"당신은 난징에 혼자 오지 않았군요."

장은 가만히 고개를 끄덕였다.

"난징에 와보니 제가 너무 늦게 왔다는 걸 알았어요. 10년 전만 해도 1930년대 건물이 대부분 남아 있었고, 학살 장소도 잘 보존되어 있었다더군요. 1980년대 후반부터 부동산 열풍이 불면서 오래된 건물 대부분이 사라졌다고 들었어요. 제가 어릴 적 부모님이 이야기해주신 난징 성벽도 몇개의 문만 남긴 채 사라져버렸더군요. 다행스럽게도 난징학살에서 살아남은 분들이 계셨어요. 그동안 많은 분들이 돌아가셨지만 그래도 열분도 넘게 만났다는 사실이 얼마나 감사한지 몰라요. 저에게 그분들은 이쪽과 저쪽을 잇는 다리 같은 존재예요. 아무것도 없는 허공에 길이 생긴 거예요. 이 사실만으로도 저는 그분들에게 커다란 은혜를 입었어요."

장의 파리한 안색에 따뜻함이 감돌았다.

"그분들이 희생자가 되기까지의 과정을 들여다보면 국민당 정부가 그분들을 버렸다는 생각을 지울 수 없어요."

난징이 일본 공군의 첫 폭격을 받은 것은 1937년 8월 15일이었다. 이른바 전략폭격의 일환이었다. 그로부터 석달 넘게 수십차례 폭격을 받았고, 그사이 떠날 수 있는 사람들은 모두 떠났다. 그해 12월 8일 국민당 정부의 수장 장제스는 난징을 빠져나갔고, 사흘 후에는 중국군에게도 퇴각 명령을 내렸다. 12월 13일 일본군이 난징을 점령했을 때 성 안에는 아이, 노인, 몸이 불편한 사람, 가난한 사람 등 떠나고 싶어도 떠날 수 없었던 사람들만 남아 있었다.

"그분들을 만나면서 가장 충격을 받은 건 사시는 모습이었어요. 어둡고 누추한 집에서 빈곤과 수치심, 만성적

질병과 정신적 고통 속에서 50년이 넘는 세월을 살아왔다는 사실이 믿기지 않았어요. 전쟁이 끝나자 그분들은 중국 정부가 자신들을 대신해 일본 정부로부터 사죄와 배상을 받아낼 것이라는 희망을 품었다고 들었어요. 그 애틋한 희망은 냉정하게 짓밟혔지요."

중국 공산당과의 내전에 패해 타이완으로 도망친 장제스의 국민당 정부는 1952년 일본과 수교하면서 전쟁배상청구권을 포기했다. 서방으로부터 정통성을 인정받기 위함이었다. 1972년 9월 중국 공산당 정부 역시 같은 이유로 일본과 수교하면서 전쟁배상청구권을 포기했다.

"그분들과 헤어져 거리로 나오면 혼란스러워져요. 깨끗이 포장된 거리와 화려한 상가, 하늘로 치솟아 오른 고층 건물 등등 그분들의 초라한 거처와 너무 다른 모습에 혼란이 일어나는 거예요. 그 혼란은 때때로 제 정체성까지 흔들어요. 제가 누구인지, 왜 여기에 있는지, 그분들과 이야기를 나누었던 조금 전의 저와 지금의 제가 같은 존재인지 등의 의문들이 이어지면서 어지럼증과 함께 속이 메스꺼워지고……"

그녀는 맥없이 웃었다.

"리슈잉 할머니의 인터뷰가 거의 끝나갈 무렵 제가 허깨비처럼 느껴졌어요. 일행 중 한분이 제게 괜찮으냐고 묻더군요. 제 모습이 좀 이상하게 보였던가봐요. 전 애써 웃으며 괜찮다고 했어요. 숙소로 걸어가면서 제가 허깨비처럼 느껴졌던 상황을 계속 생각했어요. 리슈잉 할머니의 이야기를 듣는 동안 그분의 고통이 실감되었어요. 고통이 살아 숨 쉬는 생명체처럼 다가왔던 것 같아요. 그런 고통 앞에 제가 철저히 무력하다는 인식이 저를 허깨비처럼 느끼게 하지 않았을까, 생각했어요. 그러자 리슈잉 할머니의 아이가 떠올랐어요. 그분이 사경을 헤매는 동안 영원히 사라진 아이 말이에요. 태아의 생명 구조가 두달까지는 식물과 흡사하다는 걸 아세요?"

장은 눈을 반짝이며 물었다. 갑작스러운 그녀의 표정 변화에 워이커씽 씨는 어리둥절한 상태에서 몰랐다고 대답했다.

"그래서 그 두달을 태아기(胎芽期)라 해요. 태아가 싹인 것이죠. 세상의 모든 어머니가 임신 후 두달 동안 꽃을 품고 있는 거예요. 그 시기가 지나면 태아(胎兒)로 변해요. 식물이 동물이 되는 거지요. 양수에 둘러싸인 태아는 무게가 없어 새처럼 가벼워요. 물고기처럼 생동적이기도 하구요. 태아는 어둡고 따뜻한 양수 속에서 무한의 자유를 누리는 거예요. 이런 사실을 선생님이 가르쳐주시기 전까지 저도 몰랐어요. 제가 좋아했던 선생님 말이에요."

그녀의 얼굴에 처음으로 밝은 표정이 떠올랐다.

"리슈잉 할머니의 아이는 생명으로 자라기 시작한 지 일곱달 만에 어머니의 몸을 떠났어요. 어머니 안에서 무한의 자유를 누리던 아이가 어머니가 사경을 헤매는 동안 어디론가 떠나버린 거예요."

장의 표정이 다시 어두워졌다.

"샤오산 할머니가 저에게 책을 잘 써서 일본인들이 사죄하지 않을 수 없도록 만들어달라고 하신 말씀 들으셨죠."

난징학살 당시 어깨에 총을 맞은 샤오산은 일본군에게 참살당하는 부모의 모습을 가까이서 보았다. 그녀가 살아남을 수 있었던 것은 이모 때문이었다. 이모는 샤오산을 위해 자신을 강간하려는 일본군을 다른 곳으로 유인했다. 그후 샤오산은 이모를 다시 보지 못했다.

"그 말씀을 하실 때 샤오산 할머니의 표정이 너무 간절해 저도 모르게 반드시 그렇게 하겠다고 대답해버렸어요. 그날 밤 전 잠을 이루지 못했어요. 제가 무심코 했던 말의 무게를 생각하면 눈앞이 캄캄했어요."

"그분들은……"

워이커씽 씨는 눈자위가 붉어진 장을 보며 말했다.

"머잖아 자신이 세상을 떠나리라는 걸 알고 있소. 하지만 그분들이 죽음보다 더 두려워하는 게 있소. 오랜 세월

동안 견뎌온 고통이 아무런 쓸모없이 자신의 육신과 함께 썩어가는 것에 대한 두려움이오. 자신이 겪어온 고통에서 어떤 의미도 찾을 수 없다면 그건 쓸모없는 고통이 아니겠소. 그분들이 일본의 사죄를 간절히 원하는 가장 큰 이유는 자신들의 고통에 의미를 부여할 수 있기 때문이오. 당신이 샤오산 할머니에게 했던 말의 무게를 잘못 생각하고 있는 것 같소."

"제가 쓰는 책 한권이 일본의 사죄를 이끌어낼 수 있을 거라는 말씀인가요?"

장은 눈을 동그랗게 뜨며 물었다.

"그런 뜻으로 한 말이 아니오."

워이커씽 씨는 고개를 저었다.

"당신은 그분들에게 손자 세대이오. 그리고 미국에서 태어나 미국에서 자랐고, 국적도 미국이오. 그분들에게 당신은 낯설고 먼 존재인 것이오. 그런 당신이 어느 날 늙고 병들어 죽음의 기척을 느끼는 그분들 앞에 나타나 그분들의 캄캄한 육신 안에서 썩어가는 고통을 조심조심 빛 속으로 끄집어내기 시작했소. 그분들의 고통을 소중한 생명체처럼 다루는 당신의 모습에 난 놀랐소. 내가 그것을 느끼는데, 그분들이 느끼지 못하겠소? 나보다 훨씬 깊이 느낄 것이오. 당신의 그런 모습이 그분들에게 얼마나 커

다란 기쁨을 주는지 당신은 모르는 듯하오. 아무런 쓸모
가 없는, 그래서 육신과 함께 썩어가는 고통이 당신에 의
해 소중한 생명체로 변했으니 말이오."

"그렇다면 정말 다행이네요."

장의 얼굴에 엷은 홍조가 어렸다.

5

"장은 틈만 나면 일본에 대해 질문했소. 그녀는 일본군
이 난징에서 저지른 악의 행위가 어떤 심리 상태에서 이
루어졌는지, 그런 심리가 형성된 원인이 무엇인지, 그 과
정에서 일본의 사회구조와 문화가 어떤 역할을 했는지,
난징학살을 인류사에서 끊임없이 되풀이되는 제노사이
드와 어떤 관계 속에서 살펴야 하는지 알고 싶어 했소. 난
대답을 허투루 할 수 없었소. 내 말에 귀를 기울이는 장의
얼굴에 아이의 표정이 깃들어 있었기 때문이오."

장이 고래의 눈을 본 적이 있느냐고 물었을 때의 표정
이 떠올랐다. 그 표정에도 아이의 마음이 깃들어 있었을
것이다. 그런 그녀를 다시는 볼 수 없다고 생각하니 눈물
이 핑 돌았다.

"언젠가 장이 일본의 소설가 미시마 유키오에 대해 물었소."

패전 후 일본문학을 대표하는 작가 가운데 한 사람으로 꼽혔던 미시마 유키오는 1960년 이후 천황을 숭배하는 정치 성향을 보이면서 자위대 체험 입대, 민병 조직 다테노카이(방패회) 결성 등 극우적 행보를 했다. 그러던 중 1970년 11월 25일 평화헌법 폐기와 자위대의 쿠데타를 요구한 후 할복자살하여 일본 사회에 심대한 충격을 불러일으켰다.

"장이 미시마에 관심을 가진 건 그가 만든 영화「우국」때문이었소."

28분 길이의 35밀리미터 흑백 영화「우국」은 미시마가 1961년 1월 문학지에 발표한 단편소설「우국」을 1965년 4월 영상화한 것으로, 미시마는 연출은 물론 주인공 다케야마 역까지 연기했다.

다케야마는 천황 직접 통치를 주장하는 황도파 청년 장교이다. 그가 결혼한 지 반년이 채 안 되었을 때 그와 가까운 황도파 청년 장교들이 쿠데타를 일으킨다. 천황이 그들의 행위를 반란으로 규정함으로써 그들을 진압해야 할 처지에 놓인 다케야마는 황군이 황군을 죽여야 하는 상황에 절망하여 군도로 할복자살한다. 남편이 구현하는 대의를 우러러본 레이코도 자신의 은장도로 남편의 뒤를 따른다.

"장은 다케야마의 할복과 레이코의 자살을 억지로라도 이해해보려 했지만 마음으로는 전혀 받아들여지지 않았다고 했소. 천황에게 바치는 희생 의례처럼 보이는 장면들이 그녀의 눈에는 진실을 분재(盆栽)한 거짓 이미지로 비쳤다고 했소. 그 거짓 이미지가 영화 예술을 생명의 존엄을 훼손하는 마조히즘적 폭력의 도구로 전락시켰다는 것이오."

미시마는 영화의 영어판, 프랑스어판 자막 번역을 직접 했다. 할복 장소인 다다미방의 유일한 장식품으로 시선을 끄는 액자의 붓글씨 '지성(至誠)'도 직접 썼다. '지성(至誠)'이라는 글씨는 할복 행위의 주체인 다케야마의 정신과 내밀하게 연결된다는 점에서 미시마에게 대단히 중요한 의미로 작용했을 것이다. 「우국」의 역사적 배경인 2·26사건 당시의 군복과 군모를 상당한 노력을 들여 구했다는 사실도 흥미로웠다.

"미시마는 패전 후 신의 자리에서 인간의 자리로 내려온 천황에게 다시 신의 자리로 올라갈 것을 요구했소. 그것은 패전 전의 순수한 천황 체제로 돌아가라는 요구이자, 시민이 된 일본인에게 다시 신민이 되라는 요구였소.

말로만 요구하지 않았소. 할복이라는 무사 계급의 죽음 의식을 통해 요구했소."

그는 미시마의 그러한 죽음 의식이 패전 이후 일본사회 저변에 가라앉은, 그래서 조금씩 잊혀가던 군국주의를 일깨웠다고 했다.

"미시마가 활자로 이루어진 「우국」을 영상화한 것은 「우국」이라는 허구적 서사를 현실 쪽으로 끌어오고 싶은 욕망의 표현이 아닌가 하오."

"그 영화가 미시마의 할복에 일정한 역할을 했다고 보아야겠지요."

"그의 소설 『금각사』도 그런 역할을 하지 않았나 싶소."

"왜 그렇게 생각하시는지요?"

『금각사』는 1956년 10월 출판된 미시마의 장편소설로, 미시마가 천황 이데올로기에 사로잡히기 전에 발표한 작품이다.

"미시마에게 금각사가 예술의 표상으로서 절대적 미의 응집체였다면 천황은 미의 총람자(總攬者)였소. 금각사와 천황은 동격의 존재인 것이오. 천황이 유일무이한 존재가 되려면 금각사는 없어져야 하오. 그래서 미시마가 천황이라는 신적 존재 앞에 온전히 설 수 있도록 하는 데 금각사를 불태우는 결말이 일정한 역할을 하지 않았을까,

생각하는 것이오. 그는 미조구치라는 인물을 내세워 금각
사를 불태웠지만, 천황 앞에서는 스스로 자신의 육신을
불태움으로써 천황의 일부가 되는 성스러운 황홀을 선택
했소. 그러한 미시마의 죽음은 야스쿠니 신사를 떠올리게
하오."

그는 씁쓰레한 표정으로 말했다

"야스쿠니 신사는 전사자들을 추도하는 공간이 아니
오. 신의 지위로 올라선 전사자들을 추앙하는 공간이오.
천황이 제주(祭主)가 되어 칙어를 통해 전사자의 혼을 신
의 자리로 끌어올렸으니 말이오. 아들의 전사에 부모가
기뻐하는 모습은 야스쿠니 신사의 역할을 이해하지 못하
는 이들에게는 너무나 괴이해 초현실적으로 비칠 것이오.
그들이 왜 기뻐하겠소? 아들이 자신의 육신을 천황에게
바쳐 천황의 일부가 되었기 때문이오. 남편이 야스쿠니
신사에 합사된 어떤 부인이 오사카 지방재판소에 보낸 한
통의 진술서를 난 잊지 못하오."

2001년 8월 13일 고이즈미 준이치로 수상이 야스쿠니
신사를 참배하자 일본인과 한국인 639명이 오사카 지방
재판소에 소송을 제기했고, 수상 참배를 지지하는 측에서
변론의 일환으로 그녀의 진술서를 제출한 것이었다. 워이
커씽 씨가 주목한 내용은 진술서의 마지막 부분이었다.

-남편은 자신이 전사하면 야스쿠니에 자신의 혼령이 반드시 모셔질 것으로 믿으며 사지로 떠났습니다. 그런 야스쿠니 신사를 욕보이는 것은 나 자신을 욕보이는 것의 몇억배의 굴욕입니다. 사랑하는 남편을 위해서도 절대로 용서할 수 없는 일입니다. 야스쿠니 신사를 기어이 욕보이려 한다면 나를 백만번 죽여주십시오. 야스쿠니 신사를 매도하는 말을 듣는 것만으로도 내 몸이 갈기갈기 찢깁니다. 그렇게 찢겨진 몸에서 흘러나온 피가 전사자들의 피바다가 되어 끝없이 펼쳐져나가는 광경이 눈에 보이는 듯합니다.

"위의 진술이 불러일으키는 강렬한 피의 이미지는 야스쿠니의 존재성과 내밀히 연결되오. 천황주의자에게 국가는 곧 신이며, 국체를 대표하는 천황은 신인(神人)이오. 그러므로 국가를 위해 죽는 것, 그 피 흘림은 성스러운 행위라는 믿음이 야스쿠니 신앙의 본질이오. 그냥 믿으라고 하는 게 아니오. 죽음에 엄청난 보상을 마련해두었소. 죽은 자의 영혼을 신의 영역으로 끌어올려 거룩한 공간인 야스쿠니 신사에 모시는 것이오. 비참하고 덧없는 죽음을 성스러운 황홀의 죽음으로 변신시키는 마술이야말로 야스쿠니 신앙의 마르지 않는 에너지의 원천이오. 삶과 죽음의 보편적 의미까지 해체하여 천황 이데올로기에 복속시킴으로써 일본의 침략 전쟁을 천황을 위한 성스러운 전쟁으로 변화시켰던 것이오. 미시마가 죽음을 통해 얻고자 했던 성스러운 황홀은 결국은 야스쿠니 마술이 불러일으킨 현혹으로 이어질 수밖에 없소. 이런 나의 말에 뭔가를 골똘히 생각하던 장이 미시마에 대해 또다른 질문을 했소. 그건 장에게는 물론 나에게도 대단히 중요한 질문이었소."

먼 곳으로 사라진 장을 생각하는 듯 워이커씽 씨의 눈이 스르르 감겼다.

6

"미시마는 가해자였어요. 그런데 가해의 대상이 자기 자신이라는 점에서 문제적이에요. 타인을 죽인 행위와 자신을 죽인 행위의 차이는 무어라고 표현할 수 없을 만큼 크니까요. 이런 관점에서 그를 희생자라고 생각해볼 수는 없을까요?"

장은 아주 조심스럽게 물었다.

"당신의 말이 틀렸다고 할 수는 없지만 옳다고 할 수도 없소. 미시마를 자살로 이끈 건 천황 이데올로기이오. 그러니 다른 자살과 구분되어야 하지 않겠소?"

워이커씽 씨의 되물음에 장은 침묵했다. 뭔가를 골똘히 생각하는 표정이었다.

"미시마를 천황 이데올로기의 희생자로 보게 되면 난징학살에 참여한 일본군 병사들도 희생자로 간주할 수 있는 근거가 마련되오. 그들이 행한 모든 학살에 천황의 후광이 깃들어 있으니 말이오."

장은 여전히 침묵했다.

"신화와 종교에서 희생자는 성스러운 존재이오. 은폐된 죄와 함께 가려진 진실이 희생을 통해 드러나기 때문이오. 공동체가 희생자를 진정으로 애도해야 하는 이유는 여기에 있소. 하지만 야스쿠니 신앙은 다르오. 야스쿠니 공동체는 전사자들을 애도하지 않소. 추앙하오. 천황을 위해 목숨을 바쳤기 때문이오. 그래서 전사자의 죽음은 슬픔이 아니오. 영혼 깊숙이 파고드는 기쁨이며 감격이오. 야스쿠니의 품 안에서는 전쟁의 참혹함이 깨끗이 지워져 있소. 250여만의 죽음이 묻혀 있는 피바다의 공간에 경이롭게도 피 한방울이 보이지 않소. 그러니 일본군들에 의해 죽고 부상당한 수천만 사상자들의 피바다가 눈에 보여서는 안 되는 거요. 천황주의자들이 난징학살을 부정하는 심리적 이유가 여기에서 드러나오. 이런 거대한 허위가 야스쿠니 공동체에서는 신성한 진실인 것이오."

침묵하던 장이 말문을 열었다.

"전쟁 자체의 악은 견디기가 그나마 수월해요. 찢기고 으깨어진 시신의 모습에 감정이 끓어오르지만 그 감정을 전쟁이라는 끔찍한 괴물에 퍼부을 수 있거든요. 하지만 희생자에 대한 가해자의 유희는, 희생자의 고통 앞에서 가해자가 보이는 그 기이한 희열은 견디기 어려워요. 일본군이라는 특수한 집단에 대한 절망에서 인간 자체에 대한 절망으로 넘어가버리니까요."

그러면서 장은 난징학살의 악을 이해하고 싶다고 간절하게 말했다.

"악을 이해할 수 없으면 그 악을 행한 이들도 이해할 수 없는 사람이 되니까요. 사람에서 벗어난 어떤 존재가 되는 거예요. 사람을 사람이 아니라고 생각한다는 건 그 사람에게 어떤 짓을 해도 허용이 되는 세계로 들어간다는 것을 뜻해요. 일본군이 난징에서 중국인을 그렇게 했잖아요. 그래서 전 난징학살의 악을 이해하는 행위를 포기할 수 없어요."

7

"난징학살의 악을 이해하는 행위를 포기할 수 없다는 장의 말은 지금도 내 안에서 생명체처럼 숨 쉬고 있소. 장은 일본군이 인간임을 확인하고 싶었던 거요. 왜 인간임을 확인하고 싶었겠소. 그들을 인간이 아닌 존재의 상태로 버려둘 수 없었기 때문이오. 여기에서 난 장의 내면에서 숨 쉬고 있는 아이를 느끼오. 난징 이야기는 그 아이에게 너무 어둡고 잔인해 받아들이기가 쉽지 않았을 것이오. 장의 내면 어디에선가 기억하기 괴로운 그 이야기를 품은 채 숨 쉬고 있을 아이가 눈에 보이는 듯했소. 그 무구한 영혼은 일본군을 영원한 어둠에 차마 버려두지 못하는 거요."

"버려두지 않는다는 건······"

"그들을 구원하고 싶은 거요."

"어떻게 구원할 수 있나요?"

"그들을 희생자의 공간으로 끌어올려야 하지 않겠소."

"학살한 자가 어떻게 학살당한 자와 나란히 설 수 있지요?"

"그들이 진심으로 용서를 구한다면 가능하지 않겠소."

"꿈같은 정경이네요."

"아이는 꿈을 꾸는 존재이오."

"꿈과 역사는 늘 멀리 떨어져 있었지요."

나의 말에 그는 공허하게 웃었다.

"난징학살은 역사이오. 사건의 주체인 학살자들에 대한 이해를 포기한다는 것은 역사를 포기한다는 것이오. 이런 의미에서 장은 진정한 역사가이오."

"진정한 역사가의 내면에는 아이의 영혼이 깃들어 있다는 말씀으로 들리네요."

"난 그렇게 생각하오."

"선생님은……"

나는 그를 물끄러미 보았다.

"장의 자살은 아이의 영혼과 깊은 관계가 있다고 생각하시는 것 같군요."

"그렇소."

"왜 그렇게 생각하시나요?"

"1997년 10월에 장이 메일을 보냈소. 『The Rape of Nanking』의 원고가 자신에게서 떠났다고 했소. 그동안 최선을 다했다고 했소. 난징에서 만난 분들을 생각하면 최선을 다하지 않을 수 없었다고 했소. 그동안 울 수조차 없었던 지점에 여러차례 이르렀지만 그때마다 자신 속의 아이를 찾았다고 하면서, 이제는 어린 시절에 들었던 난징 이야기로부터 해방되었으니 영혼이 자유로워질 것 같다고 했소.”

장은 난징학살에 관한 중국어, 영어, 일본어, 독일어 자료들을 집요하게 찾아다녔다. 역사적 자료는 물론 신문 기사와 당시 촬영된 사진과 비디오를 세밀하게 점검했고, 학살에 가담한 일본 군인들을 찾아 질문했다. 그녀의 준비 작업은 결벽증이 느껴질 정도로 철저했다.

“장의 책이 기대를 뛰어넘는 반향을 불러일으키자 난징에서 장과 함께한 사람들의 기쁨은 이루 말할 수 없었소. 하지만 일본 천황주의자들에게 그 책은 재앙이었소. 세월 속에서 점차 희미해져가는 난징학살의 실체를 환히 밝혔기 때문이오. 그 환한 빛에 천황주의자들이 얼마나 놀랐기에 장에게 그런 짓들을 했겠소.“

천황주의자들은 『The Rape of Nanking』에 대해 역사적 사실을 왜곡하고 날조한 책이라고 비난하는 한편 전화와 메일, 시위 등을 통해 장을 끊임없이 위협했다. 일본어판 번역이 완료되었음에도 그들의 집요한 방해로 출판이 무산되었고, 『The Rape of Nanking』을 비판하는 책들이 일본에서 베스트셀러가 되는 기이한 현상까지 벌어졌다.

“그들은 『The Rape of Nanking』에 오류가 있다고 하면서 사진의 오류, 사망자 수의 오류 등 객관적으로 증명이 불가능한 것들을 교묘하게 선택하여 공격했소. 그런 행위들이 역사가의 자존은 물론 아이의 영혼에도 깊은 상처를 입혔을 것이오."

워이커씽 씨는 장이 두가지 소망을 품고 있었다고 말했다.

"첫번째 소망은 자신의 책이 역사가들을 자극해 연구와 토론을 확산시켜 난징학살이 나치의 유태인 학살처럼 역사의 올바른 평가를 받는 것이었소. 두번째 소망은 자신의 책이 일본인들에게 많이 읽혀 그들의 생각에 변화를 주는 것이었소. 나의 눈에는 두번째 소망이 더 간절해 보였소. 그 간절한 소망이 무너졌던 거요."

언론은 그녀가 『The Rape of Nanking』 출간 이후 일본 우익 세력으로부터 지속적인 협박에 시달렸고, 그 결과 심한 우울증으로 정신과 치료를 받아왔다고 보도했다. 지인들의 증언에 따르면 협박으로 인한 공포로 전화번호를 계속 바꿨고, 가까운 친구들과도 통화하지 않고 이메일로만 소식을 주고받았으며, 남편과 아들에 대한 이야기는 누구에게도 하지 않았다고 했다.

"장이 일본인의 민족적 문화적 특성을 깊이 알고자 한 것은, 일본 퇴역 군인들의 증언을 가능한 한 많이 들으려고 애를 쓴 것은, 일본의 전쟁 범죄를 기록한 문서는 물론 인류의 역사 속에서 인간의 야만적 행위를 기록한 산더미 같은 문서들을 찾아 읽은 것은 난징학살의 가해자들을 이해하기 위함이었소. 하지만 그 모든 노력들이……"

그는 말을 잇지 못하고 시선을 내렸다.

"장이 자살하기 한달쯤 전에 보낸 메일에서 허공의 길을 이야기했소. 이쪽과 저쪽을 연결하는 허공의 길 말이오. 언젠가부터 허공의 길을 걷는 자신의 모습이 종종 떠오른다고 했소. 꿈에서 본 풍경처럼 느껴지기도 하고, 환각처럼 느껴지기도 한다고 했소. 그러다 어느 순간 길이 줄로 바뀐다고 했소. 가느다란 줄을 타는 자신의 모습이 보인다는 거요. 줄 위에서 난징을 내려다보면 거무스레한 땅에 쌓인 시체들이 눈에 들어온다고 했소. 죽은 엄마의 젖을 빨고 있는 갓난아기까지 보인다고 했소. 그걸 보고 있으면 자신의 얼굴이 파래지는데 꼭 죽은 얼굴 같았다고 했소."

목소리가 어둡고 슬펐다. 눈 속의 빛이 꺼져 있는 듯했다.

"장의 자살을 듣는 순간 아이가 떠올랐소. 그 아인 장에게 운명이었소. 그 아이가 없었다면 『The Rape of Nanking』이 태어나지 않았을 것이니……"

"그녀가 낳은 아들은요."

나는 중얼거리듯 말했다. 인터넷에서 찾은 사진 한장이

어렴풋이 떠올랐다. 장이 어린 아들을 안고 환히 웃는 사진이었다. 내가 장의 자살을 받아들이지 못한 것은 그녀의 아들 때문이었다. 결혼한 지 11년 만에 낳은 아들은 겨우 두살이었다. 두살 아들을 세상에 남겨놓고 스스로 목숨을 끊기까지 그녀가 겪었을 고통의 상황이 캄캄하고 아득했다. 워이커씽 씨는 침묵한 채 창밖 어딘가를 보고 있었다. 그늘이 져서 얼굴이 어슴푸레했다. 어디선가 아이의 가냘픈 울음소리가 들려왔다. 바깥에서 나는 소리인지, 환청인지 알 수 없었다.

4장

맹
인
악
사

1

베이징 특파원 임기가 한달 남짓 남았을 무렵인 2005년 4월 초순 워이커씽 씨의 전화를 받았다. 일본인 친구가 베이징에 왔는데 함께 식사했으면 좋겠다는 그의 말에 가슴이 두근거렸다. 그가 오래전부터 일본에 자주 간다는 사실을 첸카이거를 통해 알았지만 무슨 일로 가는지 구체적으로 아는 것이 없었다. 워이커씽 씨의 말을 듣는 순간 그에게 거처를 제공한다는 일본인 지인이 어쩌면 그 사람일지도 모른다는 생각이 머리를 스치고 지나갔다. 나는 두근거리는 가슴을 가만히 누르며 일본어를 제대로 못하는 낯선 한국인을 친구분이 불편해 하지 않을까 염려된다고 말했다. 그러자 워이커씽 씨는 친구가 중국어에 능숙할 뿐 아니라 어린 시절부터 판소리를 들으며 자랐기 때문에 나를 보면 반가워할 것이라고 했다. 그가 아오키 씨였다.

쯔진청 근처의 오래된 찻집에서 아오키 씨를 만나 대화를 나누는 동안 베이징 토박이의 말을 듣는 듯했다. 그런 느낌을 말하자 아오키 씨는 어린 시절부터 선친을 따라 베이징에 자주 오다보니 그렇게 되었다면서 겸연쩍어했다.

"첸도 이 친구를 처음 만났을 때 당신과 비슷한 말을 했소."

아오키 씨 옆에 앉은 워이커씽 씨가 웃으며 말했다.

"아, 첸 감독도 그렇게 들으셨군요. 언제 만나셨나요?"

"1991년에 만났소. 첸 감독의 책이 일본에서 출판되어 도쿄로 왔던 거요."

"『나의 홍위병 시절』을 말씀하시는 건가요?"

"아시는구려. 그 책을 어떻게 읽었소?"

"가장 인상적이었던 것은 문장의 밀도였습니다. 개인과 역사의 실존이 팽팽한 긴장을 유지하는 데에 문장의 밀도가 커다란 역할을 하더군요. 영화를 만드시는 분이 그런 문장을 쓴다는 게 놀라웠습니다."

"공감이 가는 말씀이오. 첸 감독이 이 자리에 있다면 좋은 대화를 나눌 수 있을 텐데 아쉽구려."

그러면서 첸 감독도 오기로 예정되어 있었는데 갑작스

러운 일로 못 왔다고 했다.

"선친이 중국 예술을 연구하신 분이라고 들었습니다."

"일본 예술을 제대로 알려면 중국 예술을 제대로 알아야 한다고 생각하셨지요."

"판소리를 좋아하셨다고……"

"선친이 조선 예술에 관심을 기울이시다가 판소리를 접하셨소."

"예술에 대한 시야가 무척 넓으셨군요."

"조선 예술에 관심을 가지신 건 사이 쇼키 때문이었소."

"사이 쇼키?"

"조선의 무용가 최승희 말이오. 선친은 최승희의 유럽 첫 무대였던 파리 살 플레엘 극장 공연 팸플릿을 보물처럼 간직하셨소. 1939년 1월 31일 공연이었소. 거기에 최승희 이름이 일본어 발음인 'Sai Shoki'로 적혀 있소. 선친 세대에게 사이 쇼키는 예술의 에메랄드 같은 존재였소."

그는 눈을 반짝이며 말했다.

"선친이 최승희의 춤을 처음 보신 건 1934년 9월 20일이었소. 그날은 아침부터 비가 퍼붓듯이 내렸소. 바람도 거셌소. 도쿄가 태풍 영향권에 들어갔던 거요. 그날 선친은 이런 날씨인데도 굳이 가야 하나? 하고 속으로 몇번이나 중얼거리셨다고 하오. 날씨가 험악한데다 감기 기운까지 있어 외출할 상황이 아니었던 거요. 그럼에도 가신 건 가와바타 선생의 말씀 때문이었소."

"가와바타라면······"

"『설국』을 쓴 소설가 가와바타 야스나리 선생 말이오. 그분은 선친과 동갑내기로 소년 시절부터 친구였소. 1933년 5월 어떤 잡지사가 개최한 무용 대회에서 가와바타 선생은 최승희의 춤을 우연히 보셨소. 출연 예정자가 급성 늑막염에 걸리는 바람에 대역으로 무대에 올랐던 거요. 최승희가 선보인 두 무대 가운데 하나는 조선 춤이었소."

아버지가 술에 취하면 곧장 추던 춤을 최승희가 자신의 감각으로 재현한 '에헤야 노아라'였다고 했다. 그 춤에 매료된 가와바타가 아오키 씨 선친에게 최승희에 대해 이야기했다는 것이다.

"그날 선친은 최승희의 춤에 사로잡혀버리셨소. 영혼을 풀어헤치는 춤의 에너지에 반하신 거요. 간혹 무대가 허공으로 보였다고 하셨소. 허공 속에서 최승희는 무게도 부피도 없이 춤을 추었다는 거요. 그날 이후 선친은 최승희의 공연을 빠트리지 않고 보셨소. 일본의 도시는 물론 경성으로 타이베이로 베이징으로 상하이로 그녀의 춤을 쫓아다니셨소. 가와바타 선생은 선친이 정말 파리까지 가실 줄은 몰랐다고 하시더군요."

"살 플레옐 극장 공연을 보셨군요."

"그 공연만 보신 게 아니었소. 칸과 마르세유, 브뤼셀과 제네바, 밀라노와 피렌체, 로마 공연까지 보셨소. 최승희의 무대를 찾아 유럽을 돌아다니셨던 거요. 1월 말에 도쿄를 떠나 3월 말에 돌아오셨다고 하오."

"최승희 춤을 정말 좋아하셨네요."

"조선의 선율에 스며드는 색채까지 파악하실 정도로 좋아하셨지요."

"선친께서 판소리를 즐겨 들으신 이유를 알겠군요."

"조선 음악이 눈에 보이자 중국 음악은 물론 일본 음악까지 그전에는 보이지 않았던 게 보였다고 하셨소. 선친만 그런 게 아니었소. 극단 연출가였던 어떤 선생은 최승희의 춤에서 조선에서 전해진 일본 문화의 원형을 발견했다고 했소. 일본적인 것의 어머니, 그 어머니의 숨결을 느꼈다는 것이오. 일본의 많은 예술가와 지식인들이 최승희에 열광한 가장 큰 이유가 여기에 있다고 난 생각하오. 최승희의 춤에서 국적을 초월하는 예술의 에센스를 발견했던 거요. 최승희는 1944년 1월 말부터 2월 중순까지 20일 동안 도쿄 데이코쿠 극장에서 23회 공연했소. 선친은 그 공연을 일곱번 보셨소. 가와바타 선생보다 두번 더 보신 거요. 그 공연이 선친에게는 최승희의 마지막 무대였음을 까맣게 모르셨소."

데이코쿠 극장 공연을 마친 최승희는 도쿄를 떠나 경성으로 갔고, 얼마 후 베이징으로 이동했다고 했다.

"일본의 패전을 예측하고 베이징으로 피신한 거요. 최승희의 예측이 맞았소. 이듬해 8월 일본이 항복했으니. 그런데 뜻밖에도 1946년 2월 최승희는 일본 간첩 혐의로 장제스 군대에 체포되었소. 다행히 그녀의 공연을 본 적이 있는 국민군 총사령관 리쭝런의 도움으로 풀려나 그해 5월 귀국했소. 분단의 선이 그어진 조선으로 말이오. 선친은 조선이 남과 북으로 갈라지면서 역사의 격랑에 휩쓸려 들어간 최승희를 안타깝게 지켜보셨소. 춤은 시간의 예술이오. 시간은 공간을 품고 있소. 시간의 쉼 없는 흐름 속에서 공간 역시 쉼 없이 변하오. 선친에게 최승희의 춤은 단절이 불가능한 시간 속에서 끊임없이 변하는 공간의 불꽃이었소. 하지만 조선이 분단되면서 최승희의 춤도 두 동강이 나버린 것이오. 선친은 최승희가 북쪽 정권으로 가리라고 생각하셨소. 그녀의 친일 행적이 문제가 되면서 서울에서는 무대에 서는 것이 거의 불가능하다는 사실을 선친은 알고 계셨던 거요. 최승희는 그런 상황을 타개하려고 하지 미군정 사령관까지 찾아갔으나 성과를 얻지 못했소. 무대를 잃은 예술가가 무대가 있는 곳을 찾아가는 길 이외에 어떤 선택을 할 수 있겠소."

최승희는 1946년 7월 마포나루에서 배를 타고 월북했다. 비가 내리는 밤이었다.

"아시다시피 최승희는 김일성의 전폭적 지원 아래 북한 무용예술을 주도적으로 이끌었소. 그런 최승희를 선친은 불안하게 지켜보셨소. 그녀가 예술지상주의자라는 사실을 알고 계셨기 때문이오. 그런 최승희에게 북한 체제는 거대한 새장과 다를 바 없다고 생각하셨던 거요."

최승희가 추구한 예술의 날개가 결정적으로 꺾인 것은 1958년 남편 안막이 반당종파분자 혐의로 체포되면서였다.

"선친이 최승희의 공연을 다시 볼 수 있으리라는 희망을 가지신 건 1956년 6월 일본 아시아연대위원회의 문화사절단이 북한을 방문하면서였소. 일본 예술인들이 최승희의 일본 공연을 적극적으로 추진한데다, 일본 언론이 '최승희 무용단 일본 공연 예정'이라는 제목의 기사까지 보도했기 때문이오. 선친의 희망은 간절했소. 그 간절함의 깊이에 난 놀랐소. 하지만 공연은 이루어지지 않았소. 내가 지금까지도 알 수 없는 건 선친의 죽음이오. 최승희는 1969년 8월 세상을 떠났소. 그녀의 죽음을 신문에서 확인한 선친은 그로부터 닷새 후 돌아가셨소. 갑작스러운 심장마비였소. 지금도 모르겠소. 최승희의 죽음이 선친의 죽음에 어떤 영향을 미쳤는지를."

그는 가물거리는 눈빛으로 창밖을 보았다.

2

찻집을 나오니 해가 서녘으로 기울어져 있었다. 얼마나 걸었을까, 호수가 보였다. 쯔진청 뒤편에 있는 인공호수 허우하이(後海)였다. 중국 남쪽 항저우에서 쑤저우, 난징을 거쳐 베이징까지 이어지는 대운하의 종착지 허우하이를 시작으로, 저녁마다 북을 두드려 시간을 알렸다는 구러우(鼓樓)와 쯔진청의 북문 디안먼(地安門)까지의 일대는 옛 베이징의 풍경을 느끼기에 더없이 좋은 곳이었다.

"선친을 따라 처음 베이징에 온 건 1944년 봄이었소. 여덟살 아들이 중국 음식을 제대로 먹지 못하자 선친이 무척 걱정하셨소. 사흘째 되던 날 상하이에서 선친을 만나러 베이징에 오신 분이 선친의 걱정을 들으시고는 우리를 이끌고 어떤 식당에 가셨소. 잠시 후 처음 보는 음식이 내 앞에 놓였는데 놀랍게도 입에 맞았소. 그게 베이징 전통 자장면(炸醬麵)이었소. 돼지고기와 달짝지근한 톈몐장(甜面酱)에 갖가지 양념을 넣어 볶은 자장이 잔뜩 움츠러들었던 내 미각을 돋운 거요."

베이징에 온 이후 한국 자장면의 원조인 중국 자장몐을 맛보려고 여기저기를 찾아다녔으나 볶은 된장으로 비빈 국수 맛에서 그쳤다. 그러다 우연히 베이징대학에서 인류학을 공부하는 한국인 유학생으로부터 베이징 시내 둥단(東單) 남쪽에 있는 어떤 식당에 가면 100년 전의 베이징 자장몐을 맛볼 수 있는데, 그 맛이 한국의 자장면과 매우 비슷하다는 말을 들었다. 그에 따르면 베이징 토박이에게 자장몐은 여름에 즐기는 대표적 음식이었으나 토박이 숫자가 급격히 감소해 지금은 전통 자장몐이 거의 사라졌다고 했다.

"지금도 베이징을 생각하면 자장 냄새가 피어오르면서 당시의 풍경이 오래된 흑백사진처럼 떠오르오. 그러니 여덟살 아이의 식탁에 자장면을 살며시 올려준 그분을 어찌 잊을 수 있겠소."

"그분이 누구신지요?"

"당신도 아는 사람이오."

"네?"

"메이란팡 선생을 당신이 모를 수 있겠소."

아오키 씨는 싱긋 웃으며 말했다.

"선친은 중국 예술을 진심으로 사랑하셨소. 선친이 메

이란팡 선생의 일본 공연을 주선하신 것도 그런 애정의 일환이었소. 그러다보니 두분이 친구처럼 가까워졌던 것이오. 당시 메이란팡 선생은 상하이에 칩거하고 계셨소. 일본의 중국 침략에 대한 저항의 표현이었지요."

"두분이 친구처럼 가까웠다면……"

나는 워이커씽 씨를 보았다. 메이란팡이 도쿄의 어떤 일본인 집에서 판소리를 처음 들었다는 그의 말이 떠올랐던 것이다.

"당신의 생각이 맞소. 아오키 선친이 메이란팡 선생에게 판소리를 들려주셨소."

메이란팡이 1956년 5월 도쿄 공연 당시 아오키 씨 선친의 초대로 도쿄 자택을 방문했을 때라고 했다.

"그로부터 3년 후인 1959년 봄날 선친은 나를 데리고 메이란팡 선생 집을 방문하셨소. 그때 내가 누린 행운이 뭔 줄 아시오?"

아오키 씨는 눈을 반짝이며 물었다.

"글쎄요……"

"이 친구의 얼후 소리를 들은 거였소."

"아, 두분이 그때 만나셨군요. 선생님이 별채에 계셨을 때인가요?"

나의 물음에 워이커씽 씨는 그렇다고 대답했다.

"처음에는 이 친구가 무척 못마땅해했소. 초면인 사람과 말을 제대로 나눌 줄 몰랐소. 그런데 말이오. 이 친구의 얼후 소리를 듣고 있는데 눈에 눈물이 고였소."

햇살이 깔린 마당에 우두커니 서서 별채 손님의 얼후 소리를 듣고 있었다는 첸카이거의 말이 생각났다.

"바깥이 어둑해지자 우린 살짝 집을 빠져나와 후통 모퉁이에 있는 술집으로 갔소. 옅은 색 전등갓을 씌운 전구가 어둠을 겨우 밝히는 오래된 술집이었소. 어둑한 빛이 술 마시기에 오히려 좋았소. 붉은 진흙처럼 보이는 벽의 색감 때문에 몇백년 전에 지은 건물 안에 들어와 있는 듯해서 기분이 야릇했소. 기억하시는가?"

워이커씽 씨는 엷게 웃으며 고개를 끄덕였다.

"내가 이 친구에게 어머니의 죽음을 이야기한 것은 그럴 만한 이유가 있었소. 어머닌 내가 일곱살 때 돌아가셨소. 암이었소. 그분은 자신의 죽음을 받아들이지 않았소. 죽음이 두려워서가 아니었소. 나 때문이었소. 어린 나를 두고 떠날 수 없었던 거요. 그래서 끔찍한 고통 속에서도 삶의 끈을 놓지 않으셨던 거요. 숨을 거두기 직전 나를 보는 어머니의 눈빛을, 어머니를 땅에 묻을 때 내가 묻히는 듯했던 그 느낌을 어떻게 설명할 수 있겠소. 그런데 말이오……"

아오키 씨는 시선을 내렸다 잠시 후 올렸다.

"이 친구의 얼후 소리를 듣고 있는데 어머니의 그 눈빛이 떠올랐소. 어머니를 땅에 묻던 날 구름 한점 없는 파란 겨울 하늘과 함께 말이오. 그러니 몇백년 전에 지은 듯한 술집에서 어머니의 죽음 외에 내가 할 수 있는 이야기가 무엇이 있었겠소. 내 이야기에 그는 눈물을 글썽였소. 우린 서로에게 눈물을 보인 것이오. 그가 맹인 악사 이야기를 한 것은 술을 꽤 마신 후였소."

맹인 악사란 말에 가슴이 뛰었다. 워이커씽 씨가 무슨 이유로 한때 맹인 악사를 소망했는지, 오랫동안 궁금했는데 뜻밖에도 아오키 씨에게 그 말이 나온 것이었다.

"이 친구가 열세살 때 얼후 연주로 도시를 떠돌며 끼니를 때우던 맹인 악사를 우연히 만나 그를 따라다니면서 얼후 연주를 배웠다고 했소."

워이커씽 씨는 자신이 아홉살 때 외할아버지가 돌아가셨다고 했다. 그후 맹인 악사를 따라갈 때까지 4년 동안 누구 밑에서 어떻게 살았는지 알고 싶어졌다.

"3년 후 맹인 악사가 거리에서 숨을 거두자 이 친구는 그에게 물려받은 얼후를 연주하며 홀로 떠돌았다고 하오. 그러다 베이징으로 흘러들어간 지 한달이 채 못 된 1957년 4월 어느 날 그의 연주에 귀를 기울이는 분이 있었

소. 그분은 이 친구를 메이란팡 선생에게 소개했고, 메이
란팡 선생은 한달 후 공연 예정인 「패왕별희」의 얼후 연
주를 그에게 맡겼을 뿐만 아니라 그해 10월 시안과 뤄양
의 순회공연에도 그를 데려갔다고 하오."

"그 이야기를 워이커씽 선생님에게 들으셨나요?"

아오키 씨는 고개를 저었다.

"얼후 연주를 언제 시작했느냐는 나의 질문에 이 친구
는 열세살 때 맹인 악사를 우연히 만나 그를 따라다니면
서 배웠다는 말만 했을 뿐이오. 처음에는 대답하지 않다
가 술에 취하자 짧게 입을 열었던 거요."

"메이란팡에게 들으셨군요."

"아니오. 그 이야기를 해주신 분은 장보쥐(張伯駒) 선생
이오."

나에게는 낯선 이름이었다.

"민국 사공자(民國 四公子)를 아시오?"

"장쉐량(張學良)이 민국 사공자의 한 사람이라는 건 알
고 있습니다만……"

중국 민국시대 최고 부호의 아들 가운데 이름이 특히
높은 4인을 민국 사공자라 일컫는데, 내가 아는 이는 '시
안 사건'을 일으킨 장쉐량밖에 없었다.

"민국 사공자에 일곱 사람이 회자된다는 건 아시지요?"

"아, 그렇습니까."

나는 머리를 긁적였다.

"사공자를 보는 관점에 따라 사공자의 얼굴이 달라지오. 하지만 어떤 관점에도 빠지지 않은 두 얼굴이 있소. 한 사람은 선생이 알고 계시는 장쉐량이고 다른 한 사람이 장보쥐 선생이오. 장쉐량이 파란만장한 정치적 생애로 널리 알려졌다면 장보쥐 선생은 희귀한 예술적 생애로 널리 알려진 분이오. 경극, 시, 서, 화, 골동 등 예술 분야에 일가를 이룬 그분은 부친에게 물려받은 엄청난 재산을 예술품 수집에 다 썼소. 그분의 감식안은 당대 최고였다고 알려져 있소. 해외로 유출되기 직전 거금을 들여 사들인 것들 가운데 작은 도시 하나를 통째로 구입할 수 있는 예술품이 여럿 있었다고 들었소. 그렇게 모은 예술품들을 모두 중국 정부에 헌납했소."

"대단하신 분이군요. 그분은 어떻게 워이커씽 선생님을 아시게 되었나요?"

"이 친구의 얼후 소리를 우연히 들으셨다가 매혹되어 메이란팡 선생에게 데려가신 거요. 장보쥐 선생의 귀가 정말 놀랍지요."

"선생님은 그분도 잘 아시는 것 같군요."

"선친과 가까운 분이어서 여러차례 뵈었소. 선친보다

한살 많으셨지만 선친보다 15년을 더 사셨소."

워이커씽 씨는 우리의 대화를 가만히 듣고만 있었다.

"내가 장보쥐 선생에게 들은 내용은 완성된 이야기가
아니오. 열세살 아이가 어떤 심정으로 맹인 악사를 따라
갔는지, 맹인 악사의 죽음 이후 홀로 떠돈 이유가 무엇인
지에 대해 제대로 듣지 못했다는 느낌을 지울 수 없소. 혹
시 들으신 이야기가 있소?"

아오키 씨는 기대 섞인 표정으로 물었다.

"언젠가 워이커씽 선생님과 술을 마시고 있을 때 맹인
악사가 들어온 적이 있었습니다. 그를 바라보시는 선생님
의 표정이 평상시와 너무 달라 특별한 이유가 있을 것으
로 생각했지만 말씀하시지 않았습니다. 다만 몹시 취하신
상태에서 한때 맹인 악사를 소망했다고 하시더군요."

"내가 그런 말을 했소?"

워이커씽 씨는 약간 놀란 표정으로 물었다.

"네."

"난 까맣게 몰랐소."

그는 눈을 껌벅이며 혼잣말처럼 말했다.

3

"선친이 돌아가시자 내가 겪은 상실감은 의외로 컸소. 어머니의 이른 죽음을 겪은 후 선친은 자신의 삶을 나와 나누셨소. 어머니가 돌아가신 다음 해 베이징으로 나를 데려가신 게 그 시작이었소. 내가 베이징에서 음식을 제대로 먹지 못한 데에는 어머니의 죽음이 가장 큰 역할을 했을 것이오."

바이주를 한모금 마신 아오키 씨는 젓가락으로 자장에 있는 돼지고기 한점을 집어 들었다. 면과 섞지 않는 베이징 전통 자장이 바이주의 가장 좋은 안주라 했다.

"선친은 공연예술을 연구하셨지만 예술 자체를 좋아하셨소. 돌이켜보면 예술을 깊이 향유하신 분이셨소. 그런 선친의 모습에서 이질적으로 비친 게 판소리였소. 나의 귀에는 판소리가 낯설고 이상하게 들렸소. 판소리를 즐겨 들으시는 선친이 처음으로 이해되지 않았던 거요. 그런데 언젠가부터 흘려들었던 북소리가 다르게 들리기 시작해 적이 놀랐소. 소리꾼의 노래는 여전히 낯설고 이상하게 들렸지만 노래의 길을 여는 북소리가 묘하게도 마음에 와닿았소."

그의 눈빛이 흐려졌다.

"북소리에 귀를 기울이고 있으면 내 안에 있는 또 다른 내가 어렴풋이 감지되었소. 그러니까 북소리는 내 안의 어둠을 헤쳐 내가 모르는 나에게로 이끌었던 것이오. 노(能)를 보신 적이 있소?"

"가부키는 몇번 보았지만 노는 보지 못했습니다."

나는 쑥스러움에 어색하게 말했다.

"가부키는 사실성을 지향하지만 노는 상징성을 지향하오. 가부키는 표현의 확장을 통해 대상을 재현하려고 하지만 노는 표현의 축소를 통해 대상을 암시하려고 하오. 그래서 노는 엄격하고 쓸쓸하고 냉혹하오. 또한 그윽하고 어둡소."

노를 처음 보는 이들이 어려움을 느끼는 가장 큰 이유는 배우의 연기에서 무용이 차지하는 비중이 다른 연극에 비해 매우 크기 때문이라고 했다.

"노의 연기에서 무용은 본질적 요소이오. 이런 측면에서 노의 배우는 무용가이기도 하오. 노의 연기가 특히 까다로운 것은 관객에게 미학적 즐거움을 주어야 하기 때문이오. 노 배우가 '유겐(幽玄)'을 성취해야 하는 이유는 여기에 있소. 유겐은 번역할 수 없는 말이오. 겉으로는 보이지 않는 감춰진 아름다움, 예감으로만 감지되는 아름다움이라 표현할 수 있소. 맑고 깨끗함과 우아함이 불러일으키는 감정의 파장이라고 표현할 수도 있소."

"무척 어려운 개념이군요."

"이렇게밖에 말할 수 없는 나의 한계를 용서하시오."

그는 진심 어린 표정으로 말했다.

"한가지만 덧붙이자면 유겐은 있음에 없음을 끌어들였소. 그래서 무대는 있되 거의 텅빈 무대이며, 배우의 연기는 있되 극도로 절제된 연기인 것이오. 희곡의 이야기가 극적일수록 배우의 춤이 오히려 더 검박하고 단순해지는 이유는 이런 노의 특성 때문이오. 노 무대를 보면……"

"무대는 본 적이 있습니다.

"어떤 극장의 무대를 보았소?"

그가 반색하며 물었다.

"교토의 니시혼간지(西本願寺)에 있는 극장입니다."

취재차 교토에 갔을 때 정토진종(浄土真宗)의 본산 니시혼간지에 국보로 보존된 노 극장을 보았다. 사백여년 전에 만들어진 가장 오래된 노 극장으로 특별한 행사 외에는 공개되지 않는다고 했다.

"진짜 무대를 보았구려."

아오키 씨는 빙그레 웃으며 말했다.

"소나무가 인상적이었습니다."

객석에 앉으니 거무스레한 자갈이 깔린 정원이 눈에

들어왔는데, 정원 저편에 몇그루 노송이 그림자처럼 희미하게 떠 있었다.

"소나무가 없는 노 무대는 존재하지 않소. 왜 소나무이겠소? 신의 나무이기 때문이오. 하늘의 신은 땅으로 그냥 내려오지 않소. 신의 나무를 타고 내려오오. 그래서 소나무 없는 노 무대가 없는 것이오."

그는 깊이 숨을 들이키며 말했다.

"노의 무대에는 네 사람의 연주자가 있소. 한 사람은 피리 연주자이며 나머지 세 사람은 북 연주자이오. 사람이 만든 가장 오래된 악기가 북이오. 북은 짐승의 가죽으로 만들어졌소. 짐승의 가죽을 두드리는 소리가 북소리인 것이오. 거기에서 짐승이란 무엇이겠소? 신에게 바치는 제물이오. 먼 옛날 사람들은 제물의 가죽을 두드리며 신을 불렀소. 노의 무대에 북 연주자가 세명이나 필요했던 건 신을 무대로 불러들여야 했기 때문이오. 언젠가부터 신보다는 유령을 더 자주 불렀소. 신의 이야기보다 유령의 이승 이야기가 관객의 마음에 더 닿았기 때문일 것이오."

"일본에서는 유령도 신의 영역에 속한다고 들었습니다."

"맞소."

그는 고개를 끄덕였다.

"노의 희곡은 겐자이모노(現在物)와 무겐노(夢幻能)로

나누어지오. 겐자이모노의 주역은 산 자이나 무겐노의 주역은 유령이오. 난 무겐노 배우였소. 노의 무대에 발을 딛는 순간 유령이 되어야 하는. 분장실에서 무대로 이어지는 하시가카리(橋懸)는 나를 유령으로 이끄는 길이었소. 그 길은 나에게 무엇이었겠소? 내 육신과 생애가 사라지는 길이었소. 어떻게 사라지겠소? 아침 이슬처럼 사라진다면 그건 황홀이오. 구름 속으로 흘러들어가는 달처럼 사라진다면 그것 역시 황홀이 아니겠소. 간혹 하늘 저쪽으로 사라지는 새를 상상하기도 했소. 하지만 하시가카리의 길에 그런 황홀은 없소. 내가 경모하는 어떤 무겐노 배우는 하시가카리를 제대로 걷기까지 60년의 세월이 필요했다고 했소. 난 간혹 스스로 묻곤 했소. 내가 무겐노 배우가 된 데에 판소리의 북소리가 어떤 역할을 했을까, 하고 말이오."

아오키 씨의 얼굴에 정말 알고 싶어 하는 표정이 떠올랐다.

"노 무대에서 배우의 연기는 정확한 규칙으로 이루어져 있소. 엄격한 형식을 통해 상징을 극대화하는 예술이기 때문이오. 그래서 즉흥 연기가 허용되지 않소. 어떤 이는 이런 노를 수학처럼 정확성을 띤 예술이라고 표현했소. 언젠가부터 그러한 노의 원리에 내가 갇혀 있다는 느낌이 들기 시작했소. 자유는 예술가에게 가장 귀중한 식량임을 당신도 알 것이오. 자유를 느낄 수 있는 새로운 무대를 찾을 수밖에 없었소. 그런 과정을 겪으면서 내가 만든 극단이 '그로테스크'이오. 최승희의 스승이 누구인지 아시오?"

"일본의 저명한 무용가였다는 사실만 알고 있습니다."

"일본 현대무용의 선구자였던 이시이 바쿠였소. 그분이 만든 3인무 형식의 춤이 「그로테스크」였소."

"그 춤을 좋아하셨나 보군요."

"지금도 좋아하오. 일본 고대 공연예술인 사루가쿠의 제의적 율동성이 유럽의 낭만적 유희성 속으로 기묘하게 섞여 들어가는 모습이 무척 아름답소. 무엇보다 최승희의 첫 무대작품이잖소."

1926년 10월 3일 도쿄 미쓰코시 백화점에서 개최된 무용 공연에서 최승희가 처음으로 무대에 올라 공연한 춤이 「그로테스크」였다고 했다.

"최승희에 대한 선생님의 애정도 각별하시네요."

"선친의 애정이 나에게 전염되었지요."

그는 미소를 지으며 말했다.

"그로테스크 첫 공연은 언제 하셨나요?"

"1985년 10월에 했으니 벌써 20년이 지났구려."

"어떤 작품이었는지요."

"내가 오랫동안 가슴에 품은 몽상이 있었소. 아들이 어머니의 유령으로 변신하는 몽상이었소. 이 몽상 때문에 내가 노의 원리에 갇혀 있다는 사실을 깨닫게 된 것이오."

어린 아들을 두고 세상을 떠난 어머니의 마음을 들여다보고 싶어 했던 간절한 마음이 그의 말과 표정에서 느껴졌다.

"아들이 어머니의 유령으로 변신하려면 어머니의 몸속으로 들어가야 하오. 그것이 가능한 유일한 길은 아들이 태아가 되는 것이오. 그건 일종의 여행이오. 태아로 변신하여 어머니의 몸속으로 들어가는 행위가 말이오. 어떤 여행이겠소? 시간과 시간 사이의 여행이며 존재와 존재 사이의 여행이오. 그 캄캄하고 아득한 길을 어떻게 갈 수 있었겠소? 이 친구의 피리가 길을 밝혔기 때문이오."

"무슨 말씀인지……"

"이 친구의 얼후 소리를 처음 들었을 때 어머니의 눈빛이 떠올랐소. 이 친구의 피리 소리를 처음 들었을 때는 눈물에 젖은 아이의 얼굴이 떠올랐소. 어머니를 그리워하는 아이의 얼굴과, 그 얼굴에 서린 절망과 허기와 헐벗은 꿈이 말이오."

"피리도 연주하시나요?"

어리둥절해진 나는 워이커씽 씨에게 물었다.

"외할아버지가 가르쳐주셨소."

워이커씽 씨가 나직히 말했다.

"그분은 물가에 있는 버드나무 가지로 피리를 직접 만드셨소. 눈에 드는 나무를 찾아 몇날 며칠 물가를 돌아다니셨소. 난 그분을 따라다니면서 버드나무를 참 많이 보았소. 내 눈에는 거의 비슷해 보였지만 그분에겐 그렇지 않았소. 눈에 드는 버드나무를 발견해도 가지가 마음에 차지 않으면 소용이 없었소. 그분이 원한 가지를 마침내 발견한 순간 지었던 표정은 지금도 눈에 선하오."

워이커씽 씨의 목소리에서 그리움이 느껴졌다.

"버드나무 가지가 외할아버지의 손을 통해 피리로 변신하는 과정은 나에겐 놀라움이었소. 더 큰 놀라움은 그분이 내는 피리 소리였소. 피리 소리는 주로 한밤중에 들려왔소. 때때로 잠결 속으로 스며들곤 했소."

언젠가부터 외할아버지의 피리 소리에서 바람 소리와 물 흐르는 소리, 버드나무 덤불이 사각거리는 소리가 들리기 시작했다고 했다.

"그분을 따라다니면서 귓속으로 흘러들어온 소리들이었소. 소리는 다른 소리를 불러들이고, 그 소리가 또 새로운 소리를 불러들여 선율과 색채가 다른 수많은 소리들이 뒤섞이면서 나를 먼 곳으로 데리고 갔소."

워이커씽 씨의 이야기를 들으면서 그는 왜 나에게 외할아버지가 아편 달이는 법을 가르쳤다는 말은 하면서 피리를 가르쳤다는 말은 하지 않았을까, 하는 생각이 머리를 스치고 지나갔다.

"내 예술적 열망은 첫 작품에 응축되어 있소. 내가 극단 그로테스크를 만든 건 첫 작품을 무대에 올리기 위해서였소. 그 작품을 공연할 수만 있다면 공연 후 그로테스크가 사라져도 좋다고 생각했소. 하지만 그로테스크는 사라지지 않았소. 첫 작품이 뜻밖의 호응을 받아 후원회가 생겨 공연을 계속할 수 있는 재정적 바탕이 마련되었던 거요."

아오키 씨의 입꼬리가 살짝 올라갔다.

"지난 20년 동안 그로테스크 무대에서 이루어진 나의 춤과 연기에 이 친구의 선율이 깊이 스며들어 있소. 친구의 선율이 없었다면 난 무대를 견디지 못했을 것이오. 이제 아시겠소? 내가 얼마나 운이 좋은 예술가인지를 말이오."

"정말 그러네요."

나는 고개를 끄덕였다.

"어떤 무대가 가장 생각이 나시는지요."

"무대마다 고유한 형태를 지니고 있으니 특정 무대를 선택한다는 건 불합리하오. 그런 불합리함을 무릅쓰고 굳이 선택한다면 첫 작품이오. 첫 작품은 나의 백일몽이오. 그 백일몽이 나에게 간절했던 건 존재의 시원과 연관되기 때문일 것이오. 어머니 말이오. 적잖은 사람들이 이 작품을 다시 찾아 무척 놀랐소. 어머니를 잃어버리고 사는 사람들이 그만큼 많기 때문이 아닌가 하오. 혹시 홍콩 배우 장궈룽과 이 친구의 관계를 아시오?"

"약간은 압니다만……"

갑자기 그가 장궈룽을 입에 올려 어리둥절했다.

"2002년 6월 그로테스크의 홍콩 공연은 장궈룽을 위한 무대였소."

그의 말에 놀라 워이커씽 씨를 보았다.

"한잔 주시오."

워이커씽 씨는 자신의 잔을 나에게 내밀었다. 표정이 어두웠다. 그는 내가 따른 술을 천천히 들이켰다. 술맛을 음미하는 것 같기도 했고, 무언가를 골똘히 생각하는 것 같기도 했다.

"2002년 봄이었소."

그는 무거운 어조로 말문을 열었다.

"장궈룽이 전화를 했소. 유령이 보인다는 거요. 목소리가 불안하게 들려 걱정스러웠소. 왜 유령이 보인다고 생각하느냐고 물었더니 자신이 얼마 전 출연한 영화 때문인 것 같다고 말했소. 「이도공간」이란 영화를 아시오?"

나는 안다고 말했다. 2002년 3월 홍콩에서 개봉한 「이도공간」은 장궈룽이 출연한 마지막 영화다. 한국에서는 이듬해 5월에 개봉했다. 장궈룽은 유령의 공포에 시달리는 환자를 치료하는 과정에서 죽은 연인의 유령을 보게 되는 의사를 연기했다.

"장궈룽은 촬영이 끝난 후에도 영화 속 유령이 지속적으로 나타난다고 했소."

홍콩에서 장궈룽의 죽음을 취재할 당시 적잖은 언론들이 「이도공간」이 그가 자살한 원인이라고 보도했다. 장궈룽이 유령을 보는 의사를 연기하면서 실제 유령을 보는 공포에 시달렸다는 것이다.

"영화 제작이 무산된 게 장궈룽에게 얼마나 커다란 충격으로 작용했는지, 난 알고 있었소. 그가 전화한 당시 우울증이 악화되어가는 데다 역류성 식도염까지 걸려 사람 만나는 걸 피하고 있었소."

영화감독에 대한 장궈룽의 집착은 널리 알려진 사실이다. 그가 만들려고 한 첫 장편영화 시나리오가 상업성이 없다는 이유로 홍콩 투자가들에게 외면받던 중 중국 대륙의 사업가에게 투자 제의를 받자 그의 기쁨은 이루 말할 수 없었다. 배우는 물론 촬영, 미술, 소품 등 스태프 모두를 직접 만나 섭외할 정도로 열정을 보였다. 하지만 뜻밖에도 투자가가 어떤 사건으로 구속되는 바람에 영화 제작이 무산된 것이었다.

"유령을 믿지 않았던 정신과 의사가 보게 되는 유령은 그를 사랑했으나 사랑이 채워지지 않자 자살한 여자의 혼이오. 원혼(冤魂)인 것이오. 노 예술의 핵심은 원혼의 넋을 달래어 고이 잠들게 하는 진혼(鎭魂)에 깃들어 있소. 그러니 노 배우는 원혼을 사랑하지 않을 수 없소. 유령을 사랑하지 않고 어찌 유령으로 변신할 수 있겠소. 그런 배우의 영혼을 장귀룽에게 보여주고 싶었소."

"선생님의 마음이 환히 보이네요. 어떤 작품이었나요?"

"그로테스크의 첫 작품이었소. 공연이 끝난 후 장귀룽은 너무 아름다운 작품이라 표현을 제대로 못하겠다면서 눈물을 글썽였소. 장귀룽의 내면에는 어머니에게 상처 받은 아이가 있소. 그 아이는 자신을 허기에서 벗어나게 해줄 꿈의 열쇠를 찾으려 늘 두리번거리오. 문제는 그 열쇠가 지상에 없다는 것이오. 아이는 그런 사실을 모르니 두리번거림을 멈추지 못하오. 하지만 어른은 알고 있소. 아이를 품고 있는 어른의 비극은 여기에 있소. 아이와 어른 사이의 간극, 그 간극의 심연을 견뎌야 하기 때문이오."

"어쩌면 장귀룽의 눈물은……"

워이커씽 씨 이야기에 귀를 기울이던 아오키 씨가 말했다.

"그 아이의 눈물이었는지도 모르오."

조심스러운 목소리였다.

"그날 공연의 관객은 장궈룽이 초대한 열두명과 그로테스크 회원 열다섯명이 전부였소. 일반인에게 공개된 무대가 아니었기 때문이오. 공연이 끝난 후 관객 모두 장궈룽이 마련한 파티에 초대되어 테이블을 오가며 자유롭게 대화를 나누었소. 거기서 몸이 약간 기울어진 장궈룽의 모습을 보았소. 그전까지 보지 못한 모습이었소."

일시적 모습이 아닐까 생각했지만 파티가 끝날 때까지 거의 그런 모습이었다고 했다.

"배우의 연기는 작은 움직임에서 시작되오. 움직임이 너무 작아 눈여겨보지 않으면 무심히 지나치기 마련이오. 장궈룽의 기울어진 몸은 그런 작은 움직임이었소. 배우에게 몸의 움직임은 마음의 움직임이오. 아무리 사소한 움직임도 마음의 연결 없이 일어나지 않소. 무대에서 연기를 하다보면 몸과 마음이 얼마나 예민하게 연결되는지를 실감하오. 그러니까 장궈룽의 몸이 기울어진 건 마음이 기울어졌기 때문이오. 내가 보기엔 그랬소. 장궈룽 옆에 보이지 않는 누군가가 있을 것이라는 느낌을 받은 건 파티가 끝날 무렵 여전히 비스듬히 서 있는 그의 뒷모습을 보면서였소."

단풍나무 앞에서 몸을 왼쪽으로 약간 기울이고 서 있는 고모할머니의 뒷모습이 어렴풋이 떠올랐다.

"그로부터 일여 년 후 장궈룽의 자살 소식을 들었을 때 비스듬히 서 있는 그의 뒷모습이 떠오르면서 그의 몸이 기울어진 건 옆에 있는 아이의 손을 잡고 있었기 때문은 아닐까,라는 생각이 문득 들었소."

창 너머로 발소리와 함께 노랫소리가 희미하게 들렸다. 노랫소리가 차츰 멀어지면서 정적이 드리웠다. 깊은 정적이었다.

"자네, 생각나는가? 모래 무덤 말일세."

정적을 깨뜨린 아오키 씨의 목소리가 먼 곳에 있는 이에게 건네는 말처럼 들렸다.

"생각나네."

워이커씽 씨는 술잔을 든 채 낮게 말했다.

"실크로드 사막 속으로 들어간 우리가 걸음을 멈춘 곳은 모래 무덤 앞이었어. 거센 바람이 불면 흔적도 없이 사라져버리는 모래 무덤이 여기저기 흩어져 있었지. 우린 거기에 텐트를 쳤어."

아오키 씨의 목소리는 여전히 먼 곳에 있는 이에게 말

을 건네는 듯했다.

"그날 밤 달은 꽉 차 있었지. 우린 눈을 밟듯 달빛을 조심조심 밟으며 모래 무덤 주위를 거닐었어. 달빛에 비친 모래 무덤은 태양빛 아래에 있던 모습과 많이 달랐어. 그럴 수밖에. 달빛은 사물이 지닌 선과 형상의 많은 부분을 버리니까. 하지만 그냥 버리지 않지. 버림으로써 새로운 선과 형상을 드러내니까. 그건 사물의 또다른 모습이야. 사물 속에 숨어 있어 보이지 않을 따름이지."

워이커씽 씨는 눈을 반쯤 감은 채 아오키 씨의 말을 듣고 있었다.

"유령은 언제나 한조각 꿈처럼 나타나. 그는 말 너머의 세계에 있음에도 말로써 자신을 표현하려고 해. 하지만 그의 말은 말의 그림자일 뿐이야. 우린 알고 있어. 말의 그림자가 무엇으로 이루어져 있는지를. 상처와 그리움이지. 그래서 그를 보면 늘 놀라. 우리와 너무 닮았으니까. 때때로 그가 반딧불이처럼 느껴지기도 해. 산 자의 세계가 캄캄하니 그가 오히려 빛나는 거지. 산 자들의 캄캄한 삶 사이를 반딧불이처럼 떠도는 그를 보고 있노라면 삶과 죽음의 경계를 알 수 없게 돼. 삶이 죽음이고 죽음이 삶으로 보이니까."

아오키 씨의 눈이 스르르 감겼다.

"달빛 속에서 우리가 벌인 바이주 파티를 잊을 수 없어. 술맛이 기가 막혔지. 어깨에 날개가 달린 것 같았어. 자네도 그걸 느꼈을 거야. 날개를 말이야. 그때 자네가 무슨 말을 한 줄 아나?"

"무슨 말을 했나?"

"달빛에 싸인 사막을 넋을 잃고 보더니 오래전부터 사막 너머로 사라지고 싶었다고 혼잣말하듯 말했어. 그 말에 난 모래에 묻힌 이들을 생각했어. 그들이 생사를 기약할 수 없는 사막에 왜 들어갔겠나. 사막 너머에 피안이 있다고 생각했기 때문이지. 그 피안이 그들에게는 죽음이었던 거야. 난 언제부터 그런 생각을 했느냐고 물었지. 자넨 이렇게 대답했어. 맹인 악사를 땅에 묻고 도시를 정처 없이 떠돌 때부터였다고. 기억나는가?"

워이커씽 씨는 고개를 저었다.

"정말 기억이 나지 않나?"

"그렇다네."

"자넨 떠돌 때,라고 하지 않았어. 떠돌 때부터,라고 했어."

"내가…… 그랬나?"

목소리가 겨우 들렸다.

"그랬네."

아오키 씨의 목소리도 겨우 들렸다.

5장

나
비
의

꿈

1

첸카이거의 전화를 받은 것은 베이징 올림픽이 진행 중이
던 2008년 8월 22일 늦은 오후였다. 특파원 임기를 마치고
귀국한 지 3년 반이 지나서였다. 그와 마지막으로 만난 것
은 그가 2006년 1월 아홉번째 영화 「무극」 홍보를 위해 서
울에 왔을 때였다. 나는 그를 서촌 골목의 주막으로 데리
고 갔다. 그는 맛이 오묘하다면서 내가 좋아하는 전통 누
룩 막걸리를 맛있게 마셨다.

첸카이거는 워이커씽 씨의 죽음을 전했다. 8월 14일 오
전 10시경 일하러 온 청소부 아주머니가 목을 맨 채 허공
에 떠 있는 워이커씽 씨를 발견했다고 했다. 자신의 재산을
난징 역사연구소에 기증하며, 죽음의 흔적을 남기지 말라
는 내용의 유서가 발견되었다고 하면서 어제 화장을 마쳤

다고 슬프고 어두운 목소리로 말했다. 화장이 늦어진 것은 친인척을 찾는 데 시간이 걸렸기 때문이며, 난징 역사연구소가 찾아낸 이는 고인의 외할아버지 여동생의 딸이라고 했다.

논설위원실의 텔레비전은 올림픽 장대높이뛰기 경기를 중계하고 있었다. 나는 텔레비전 앞으로 바짝 다가가 허공으로 도약하는 선수를 뚫어지게 보았다. 장대 위로 다리를 차올리면서 무릎을 가슴 쪽으로 끌어올려 몸을 둥글게 만드는 선수의 움직임이 우아했다. 장대높이뛰기 선수들은 새가 되는 꿈을 자주 꾸는 게 아닌가, 하는 생각이 들었다.

새는 사선으로 비상하지만 장대높이뛰기 선수는 거의 직각으로 비상한다. 수평 운동에너지를 수직 운동에너지로 전환하면서 직각으로 비상하는 것이다. 돌고래가 공중으로 뛰어오르는 높이는 7미터가 넘는다. 사람이 세운 기록은 6미터 14센티미터. 사람은 돌고래처럼 온전히 몸만 쓰는 게 아니다. 부드럽고 강한 탄성의 장대를 도구로 쓴다. 비상의 정점은 장대를 버리는 순간이다. 그 순간 사람의 몸은 눈부시게 아름답다. 눈부시게 아름다운 몸이 느끼는 자유의 깊이가 궁금했다. 워이커씽 씨는 어땠을까? 그의 손이 삶의 장대를 놓았던 순간에 느꼈던 자유의 깊이가.

2

    술도가에 딸린 방은 휑뎅그렁했다. 그 방의 주인 격이었던 워이커씽 씨가 없었기 때문이다. 그럼에도 그가 늘 앉는 자리에 잔과 함께 수저를 놓았다. 아오키 씨가 그렇게 하기를 원했다. 빈자리에 놓인 잔에 술을 따르는 아오키 씨의 곡진한 모습이 눈시울을 뜨겁게 했다. 작은 도자기 함이 녹색 갓을 씌운 전등 아래에서 희게 빛났다. 워이커씽 씨 유골 일부가 담긴 함이었다. 난징 역사연구소 관계자들은 유골을 고인의 외할아버지 집 앞을 흐르는 친화이허 강에 뿌리기로 결정한 사실을 첸카이거에게 알리면서 유골을 나눌 수 있다는 의사를 밝혔다.

    "친척분이 칠십년 생애 가운데 오십여년을 베이징에 살았던 고인의 유골을 난징으로 다 가져가면 안 될 것 같다고 말씀하셨다고 합니다. 일흔다섯이신 그분은 다섯살 아래인 워이커씽 선생님을 비교적 잘 기억하셨습니다. 선생님이 외할아버지 장례 후 한달가량 그분 집에 사셨더군요."

    워이커씽 씨가 열세살 때 맹인 악사를 따라갔다는 아

오키 씨의 말이 떠올랐다. 외할아버지를 잃은 후 맹인 악
사를 따라갈 때까지 사년 동안 어떻게 살았는지 궁금했는
데, 처음 한달 외할아버지 여동생 집에 기거한 사실이 밝
혀진 것이었다.

"아홉살 소년은 말을 거의 하지 않았다고 합니다. 말하
는 것을 두려워하는 듯 보였다고 하더군요. 이상한 모습
은 또 있었습니다. 몸의 정지 상태가 종종 목격되었다는
것입니다."

"몸의 정지 상태?"

아오키 씨는 눈을 껌벅이며 그 말을 되뇌었다.

"정물처럼 움직임이 없는 모습이 종종 보였다고 합니
다. 어떤 때는 너무 오랫동안 움직이지 않아 겁이 덜컥 났
다고 하시더군요. 그런 이상한 모습들이 선생님의 어머니
이야기를 듣고 나서야 비로소 이해되었다면서 한숨을 쉬
셨습니다. 어떤 이야기인지 물었더니 눈물을 글썽이며 당
시 난징 사람들은 전쟁의 후유증으로 삶이 부서진 상태로
살아가고 있었다면서 어떻게 그걸 말로 표현할 수 있겠느
냐고 하시더군요."

"소년이 어디로 갔는지는 말씀하시지 않던가요?"

나의 물음에 첸카이거는 고개를 저었다.

"소년을 데리고 나갔다가 다음 날 혼자 돌아온 그분의

어머니는 여기보다 더 좋은 곳에 갔다는 말만 했다더군요."

금방 보일 듯한 워이커씽 씨의 숨은 세월이 다시 어둠에 잠기자 실망스러웠다. 아오키 씨는 시선을 허공에 둔 채 뭔가를 골똘히 생각했고, 첸카이거는 묵묵히 술을 마셨다.

"장례식에 어떤 분들이 오셨소?"

상념에서 깨어난 아오키 씨가 힘겨운 목소리로 물었다.

"저와 친척분, 난징 역사연구소 관계자 몇 사람이 전부였습니다. 지독히도 쓸쓸한 장례식이었습니다. 지장보살에 향을 올리며 기도하는 친척분의 모습을 보게 되면서 워이커씽 선생님께 죽음은 어떤 의미였을까,라는 물음이 다시 고개를 들더군요."

"친구는……"

아오키 씨는 유골함을 보며 말했다.

"장궈룽이 자살하기 일 년 전부터 그가 자살하지 않을까, 걱정했었소. 이유를 들어보니 고개가 끄덕여졌소. 나 역시 자살을 결심한 적이 있었기 때문이오."

그의 말에 나는 적이 놀랐다. 첸카이거도 놀란 듯했다.

"내가 노의 원리에 갇혀 있다는 느낌 속에서 예술적 해방이 필요했을 때 난 캄캄한 진흙 구덩이 속에서 허우적거리고 있었소. 구덩이 속을 헤어날 수 없었던 거요. 그

암흑 속에서 두갈래 길이 보였소. 하나는 무대를 포기하는 길이며, 다른 하나는 자살이었소. 사람의 생애란 참 이상했소. 헤아릴 수도 없을 만큼 많은 길을 품고 있는 삶의 행로가 두개의 길로 압축되었으니 말이오. 난 무대를 포기할 수 없었소. 내 안에 깃든 여럿의 나 가운데 내가 가장 사랑하는 존재는 무대에 있는 나라는 사실을 깨달았기 때문이오. 그것은 명료한 사랑이었소. 그것만큼 명료한 사랑의 감정을 내 안에서 찾을 수 없었소. 그러니 내가 가야 할 길은 자살이었던 것이오. 여름의 흔적이 남아 있던 9월 초순 나는 선친의 고향인 바닷가 마을을 찾았소. 거기에 선친이 생전에 마련하신 작은 집이 있소. 파도 소리가 아련히 들리는 집이오. 선친이 돌아가시자 난 선친처럼 휴식이 필요하면 그 집을 찾았소. 하지만 그땐 휴식하러 간 게 아니었소."

아오키 씨는 술을 죽 들이켰다.

"사람의 감각은 어머니 몸에서 형성되오. 양수의 아늑한 촉감 속에서, 어머니의 움직임이 빚는 율동에 싸여 먼 우주 공간에서 들려오는 듯한 어머니 몸의 소리를 듣소. 세상의 모든 태아가 받았던 축복이오. 그런 어머니의 몸 속으로 들어가 사라지고 싶었소. 수평선을 향해 하염없이 나아가면 내 몸이 어딘가에서 가라앉을 것이고, 그러면 알 수 없는 어떤 손길에 이끌려 어머니의 몸속으로 들어가리라는 꿈을 꾸었던 거요. 가느다란 달이 떠 있는 밤이었소. 다음 날 새벽 바다로 들어가기 위한 준비를 다한 후 마루에서 술을 마셨소. 이승의 마지막 밤이었던 거요. 몽롱한 취기 속에서 달을 올려다보고 있는데 어떤 소리가 들려왔소. 먼 데서 들려오는 듯한, 끊어질 듯하면서 이어지는 그 소리는 마음 깊은 곳에 있는 무언가를 건드렸소. 친구의 얼후 소리였소. 죽음 직전의 어머니 눈빛을 떠올리게 한 소리 말이오. 그 소리가 사무치게 듣고 싶었소. 그걸 듣지 않고서는 바다로 들어갈 수 없을 것 같았소."

다음 날 그는 도쿄로 돌아가 베이징행 비행기를 탔다고 했다.

"베이징에 도착하고 며칠 동안 친구에게 연락하지 않았소. 친구 앞에서 단정히 술을 마시고 싶었기 때문이었소. 가느다란 달이 떠 있던 그날 밤처럼 말이오. 낮에는 호텔 방에서 죽은 듯이 누워 있거나, 베이징 거리를 떠돌거나, 박물관으로 들어가 시간의 녹에 싸인 문물들을 들여다보다가 밤이 오면 혼자 술을 마셨소. 그렇게 엿새를 보낸 후 마침내 친구에게 전화했고, 그날 술자리에서 내가 갇힌 캄캄한 상황을 고백했소. 노의 원리에 대한 회의와 예술적 해방의 필요성, 아들이 어머니의 유령으로 변신하는 몽상과 두갈래 길, 그 두갈래 길 앞에서 떠오른 얼후 소리를 말이오. 이야기하는 동안 성당의 고백소에 들어와 있는 듯한 느낌에 자주 사로잡혔소."

그는 희미하게 웃었다.

"한동안 침묵하던 친구가 내 몽상이 아름답다고 말했소. 의외의 말에 난 놀랐소. 자살을 품은 몽상이 아름답다고 했으니 말이오. 잠시 후 그가 한 말에 가슴이 내려앉았소. 그와 친구가 된 후 난 그의 어머니의 죽음에 대해 물었소. 내가 어머니의 죽음에 대해 말했듯이 친구도 그렇게 하기를 바랐던 거요. 친구는 어색한 미소를 지으며 고개를 저었소. 대답하지 못하는 자신을 이해해달라는 듯한 표정이었소. 표정이 너무 간절해 그 이후 다시 묻지 않았소. 친구의 표정에 드리운 깊은 어둠을 느끼긴 했지만 어둠의 실체가 그토록 비극적일 줄은 까맣게 몰랐소."

아오키 씨의 눈에 눈물이 어렸다.

3

"어린 시절에 난 어머니를 제대로 기억하지 못했네. 외할아버지는 내가 네살 때 어머니가 병으로 돌아가셨기 때문이라고 하셨네. 그분의 장례식을 치르기 전까지 난 그렇게 알고 있었다네. 내가 아홉살 때였네. 외할아버지 장례식장에서 늙수그레한 친척 두 사람이 내가 가까이 있는 줄 모르고 어머니의 죽음에 대해 이야기하더군. 바깥에서 놀다가 집에 들어온 일곱살 아들이 대들보에 목을 맨 어머니를 보았다고 했네. 그 아이가 어떻게 목의 끈을 풀었는지 모르지만 죽은 어머니를 침대에 눕혀놓았다고 했어. 저녁 늦게 귀가한 외할아버지가 죽은 어머니 곁에 누워 잠든 손자를 보았다는 거야."

워이커씽 씨는 눈을 반쯤 감은 채 낮은 목소리로 말했다.

"외할아버지에게 들었던 말과 다른데다, 무엇보다 그런 기억이 전혀 없어 허황되게 들리더군. 그럼에도 그들의 말에 마음이 꽉 붙들린 건 말이 그리는 시각적 장면이 낯설게 느껴지지 않았기 때문이네. 어디선가 본 듯한 기분이 들었어. 얼마 후 난 영정을 들고 묘지로 향했네. 가는 길이 너무나 멀게 느껴지더군. 한없이 무거운 외할아버지를 짊어지고 아무도 없는 길을 홀로, 영원히 걸어야 할 것만 같았네."

장례를 마치고 거의 기진한 상태로 집에 돌아와 잠 속으로 빠져들었다고 워이커씽 씨는 속삭이는 듯한 목소리로 말했다.

"잠에서 깨어난 건 사람의 기척이 느껴졌기 때문이야. 눈을 떠보니 누군가가 있었어. 하지만 윤곽이 너무 희미해 누군지는 알 수 없었네. 내 안 어딘가에 있었던 사람 같기도 했고, 아득히 먼 곳에 있었던 사람 같기도 했어. 난 이게 꿈이 아닌가, 생각했지. 나의 꿈 같기도 했고, 다른 누군가의 꿈 같기도 했어. 꿈속에 있는 나는 내가 모르는 나였어. 뺨을 적시는 눈물은 내 눈물이 아니었던 거야. 꿈속의 내가 흘리는 눈물이었지. 꿈속의 나는 허공에 매달린 이를 올려다보며 울고 있었어. 나를 낳은 이였으니까. 난 생각하고 또 생각했네. 나를 낳은 이가 왜 허공에 매달려 있을까, 하고."

워이커씽 씨는 가물거리는 눈으로 아오키 씨를 보았다.

"나에게 자네의 몽상이 얼마나 아름다운지 이제 알겠나?"

"알겠네."

아오키 씨는 고개를 끄덕이며 대답했다.

"자네의 그 몽상을 나에게 조금 나눠주지 않겠나?"

"그걸 어떻게 나눌 수 있나?"

아오키 씨는 의아한 표정으로 물었다.

"자네가 가장 사랑하는 존재는 무대에 있다고, 그 사랑만큼 명료한 사랑을 찾을 수 없다고 말하지 않았나?"

"그렇게 말했지."

"세상에는 노 무대만이 있는 게 아니네."

"노 무대를 벗어나면 난 배우로서 아무것도 아닌 존재가 되어버리네."

"왜 그렇게 생각하나?"

"내 몸은 노의 원리에 친친 묶여 있네. 이 끈을 풀 힘이 내겐 없어."

"일곱살 아이는 어머니 목에 친친 감긴 끈을 풀었어."

"난 자네가 아냐."

"하지만 자넨 훌륭한 배우야."

"노 무대에서는 그렇게 인정받고 있지."

"노 무대에서 훌륭한 배우라면 다른 무대에서도 훌륭한 배우가 될 수 있어."

"난 그렇지 못해."

"노의 원리는 그 미학을 구현하기 위한 정교한 형식이네. 마찬가지로 자네가 품은 몽상을 무대에서 구현하려면 새로운 형식이 필요하지 않겠나."

"그걸 찾을 수 있다면 왜 내가 바다로 들어가려고 했겠나?"

"자넨 이미 찾았어."

"무슨 뜻이야?"

"사람의 감각은 어머니 몸속에서 형성된다는 것, 양수

의 아늑한 촉감 속에서 어머니 몸의 소리를 듣는다는 것,
그런 어머니의 몸속으로 아들이 들어간다는 것, 그리고
어머니의 유령으로 변신한다는 것. 이 모든 내용들이 무
대에서 자네의 몽상을 구현하는 훌륭한 형식이네. 예술에
서 형식이 곧 내용이라고 자네가 말하지 않았나."

"정말 그렇게 생각하나?"

"그렇다네."

"그럼 몽상을 나눈다는 건……"

"내 피리 소리를 들어보겠나?"

"자네가 피리를 연주하는 줄은 몰랐네."

"나를 가장 사랑했던 사람에게 배웠네."

"그분이 누구인가?"

"외할아버지이시네."

"자넨 얼후보다 피리를 먼저 배웠군."

"그렇다네."

"어쩌면 길이 보일 것도 같네. 자네의 피리 소리를 들어
봐야 알겠지만."

"반가운 말이네."

"가슴이 설레네."

"나도 그렇다네."

두 사람이 주고받는 목소리가 너무 낮아 속삭이는 듯

했다.

4

아오키 씨의 이야기가 끝나자 침묵이 드리웠다. 첸카이
거는 깊은 충격을 받은 듯 멍한 표정이었다. 낮술에 취한
워이커씽 씨를 류리창에서 우연히 만났던 날이 생각났다.
그날 그는 나에게 처음으로 가족 이야기를 하면서 어머니
에 대한 기억이 거의 없다고 말했다. 그렇게 말할 수밖에
없는 그의 생애가 아득했다. 어떠한 삶이든 미궁이겠지만
그의 삶은 미궁의 극단인 것처럼 보였다.
"친구에게 들은 어머니의 죽음 이야기는 내 뇌리에 깊
숙이 박혔소. 뽑을 수 없는 못처럼 말이오. 뇌리에 박힌 이
야기가 시간이 흐르면서 변화하기 시작했소. 시각화되어
간 것이오. 처음에는 흐릿한 그림처럼 보였소. 그 그림들
이 언젠가부터 움직이기 시작하면서 무대 장면으로 바뀌
고 있었소. 그림들이 무대로 흘러들어와 장면을 만들고
있었던 거요. 첫 장면은 대들보에 목을 맨 어머니의 모습
이오. 두번째 장면은 그런 어머니를 목격한 아이의 모습
이오. 세번째 장면은 죽은 어머니 곁에 누워 잠든 아이의

모습이오. 두번째와 세번째 장면 사이에는 아무도 보지 못했지만 신이 존재한다면 신만이 보았을 장면들을 떠올릴 수 있소. 아이가 대들보에 매달린 어머니를 끌어내리는 모습, 어머니를 죽음에 이르게 한 끈을 목에서 풀어내는 모습, 어머니를 침대에 눕히고 그 곁에 눕는 아이의 모습을 말이오."

아오키 씨는 독백하듯 말했다.

"그 장면들을 머릿속에서 끊임없이 상상하는 동안 어느덧 난 일곱살 아이가 되어 목을 맨 어머니를 올려다보고 있었소. 허공에 매달린 어머니의 육신은 푸르스름한 빛에 싸여 있었소. 그런 어머니를 올려다보는 아이의 얼굴도 푸르스름했소. 아이는 어머니처럼 공중으로 올라가고 싶었소. 어머니와 나란히 있고 싶었던 거요. 하지만 그렇게 할 방법이 없었소. 그래서 어머니를 끌어내렸던 것이오. 아이는 조금도 무섭지 않았소. 어머니와 함께 있어야 한다는 열망 때문이었소. 아이에겐 삶과 죽음의 차이가 아무런 의미가 없었소. 삶이든 죽음이든 어머니와 함께 있고 싶을 뿐이었오. 그 열망이 어머니를 끌어내리게 했고, 어머니 목에 감긴 끈을 풀게 했고, 침대에 눕히게 했던 거요. 아이가 어머니 곁에 누웠을 때 아이의 몸은 어머니의 몸과 연결되어 있었소. 어머니를 내려 목의 끈을 풀고 침대에 눕히는 동안 아이는 점차 어머니와 한 몸이 되어갔던 거요."

아오키 씨의 안색이 해쓱했다.

"그런 어머니를 아이는 왜 잊었을까요?"

첸카이거가 물었다.

"나도 그 생각을 참 많이 했소만 한계를 느껴 정신 분석가를 찾았소. 그분은 목을 맨 어머니를 본 순간 아이는 그전과는 다른 시간 속으로 들어갔을 거라고 했소. 비일상적 시간, 꿈의 시간 속으로 말이오. 일곱살 아이는 정상적인 상태에서 그런 일을 할 수 없다고 했소. 아이가 정상적인 상태로 돌아온 건 저녁 늦게 귀가한 외할아버지가 잠을 깨운 이후였다고 그분은 말했소. 그러면서 덧붙였소. 아이가 일상의 시간을 살아가려면 꿈의 시간을 잊어야 하지 않겠느냐고 말이오. 꿈의 시간을 잊으려면 어머니의 죽음을 잊어야 했고, 어머니의 죽음을 잊으려면 어머니에 대한 모든 기억을 잊어야 했다는 것이오. 그렇다고 해서 꿈의 시간이 완전히 사라지지는 않는다고 했소. 어렴풋이 남아 일상의 시간 속을 그림자처럼 떠돌았을 것이라고 그분은 말했소. 나는 고개를 끄덕였소. 그 어렴풋함 속에는 어머니와 연관된 흔적들, 기억의 잔상들이 어른거렸을 것이오. 간혹 거기에서 어떤 소리가 들려왔을

수도 있소. 일상의 소리보다 훨씬 더 본질적이어서 뭐라
고 표현할 수 없는 상실감과 함께 그리움을 불러일으키
는 소리가 말이오. 친구의 피리 소리는 나에게 그렇게 들
렸소."

아오키 씨는 술잔을 가만히 잡았다.

"난 알고 있었소. 친구의 피리 소리가 어디에서 흘러나
오는지. 어머니였소. 목을 매고 자살한 어머니 말이오. 내
어머닌 암의 끔찍한 고통 속에서도 어린 아들을 두고 차
마 떠날 수 없어 삶의 끈을 놓지 않으셨소. 하지만 친구
어머닌 어린 아들을 두고 스스로 목숨을 끊었소. 이 두 죽
음 사이의 심연을 어떤 말로 표현할 수 있겠소. 일곱살 아
들이 허공에 매달린 어머니를 목격한 그 장면 자체가 심
연이오. 그 심연 앞에서는 삶의 모든 것이 캄캄해지오."

아오키 씨의 눈자위가 붉어졌다.

"제 친구 어머니도 그런 모진 선택을 하셨지요."

첸카이거의 목소리가 아득하게 들렸다.

"1968년 1월 아침이었습니다. 제 나이 열여섯살 때였지
요. 문 두드리는 소리에 잠을 깼습니다. 여섯시가 조금 지
난 시각이었는데, 밖은 캄캄했습니다. 바깥에서 낯익은
목소리가 들리더군요. 이웃에 사는 친구 샤오닝이었습니
다. 샤오닝은 엄마가 목을 맸다고 했습니다. 놀라 그의 집

으로 뛰어가 보니 흰 천을 뒤집어쓴 샤오닝 어머니가 침대에 눕혀져 있었습니다. 샤오닝은 여동생과 함께 어머니의 시신을 침대에 내려놓고 저의 집으로 뛰어왔던 것입니다. 목을 맨 대들보 밑의 작은 책상에 웃옷에서 떼어낸 마오의 배지와 빨간 표지의 마오 어록이 놓여 있었습니다."

베이징 영화제작소 각본반 책임자였던 샤오닝의 어머니가 반당분자 혐의로 홍위병의 심문을 받게 된 것은 젊은 시절 상하이에서 공산당 조직의 학생운동을 하던 중 국민당에 체포, 투옥되었으나 가족의 신원보증으로 석방된 전력 때문이었다고 했다.

"샤오닝의 어머니는 감금된 상태에서 심문을 받던 중 전날 잠시 귀가하여 샤오닝 남매가 잠든 밤에 목을 맨 것입니다. 자식들을 놀라게 하지 않으려고 천을 뒤집어쓴 것 같았습니다. 의사는 네시간 전에 숨을 거두었다고 하더군요."

전날 음식을 사들고 집에 온 샤오닝의 어머니는 첸카이거와 그의 여동생을 집으로 불렀다고 했다.

"여동생과 함께 샤오닝 집에 갔더니 다른 아이들도 있었습니다. 집에 부모님이 없는 아이들이었습니다. 당시 베이징 영화제작소는 반당분자 혐의가 있는 직원들을 한곳에 모아놓고 숙박시키면서 심문했습니다. 국민당 출신이었던 제 부모님도 거기에 계셨지요. 식탁에는 먹음직스러운 음식과 함께 좀처럼 맛볼 수 없는 뜨거운 수프도 있었습니다. 샤오닝 어머니는 환한 표정으로 각자의 그릇에 음식을 담뿍 담아 주셨습니다. 배가 가득 차자 술을 마신 것처럼 온몸이 후끈 달아올랐습니다. 환한 달빛 속에서 미소 지으며 우리를 정답게 배웅하던 그분은 우리의 호주머니에 사탕을 가득 넣어주셨습니다. 작별의 잔치였지요."

첸카이거의 얼굴에 슬픔이 일렁였다.

"겨울의 춥고 고요한 어둠 속에서 친구 어머니의 죽음을 나름대로 이해해보려고 애를 썼지만 성인이 안 된 자식들을 남겨두고 세상을 떠난 마음을 도저히 헤아릴 수 없었습니다. 선생님은……"

첸카이거는 아오키 씨를 보았다.

"그런 어머니의 마음을 헤아릴 수 있으신지요?"

"나도 헤아리지 못하오."

목멘 소리였다. 아이리스 장의 모습이 떠올랐다. 두 살 아들을 남겨놓고 세상을 떠난 그녀의 마음을 나 역시 헤아리기 힘겨웠다.

"난 일찍 돌아가신 어머니에 대한 백일몽을 품고 있었소. 글자 그대로 대낮에 꾸는 꿈이었소. 그런 꿈을 무대에

222

서 실현할 수 있었던 건 친구의 심연 때문이었소. 내가 일곱살 아이로 변신해 목을 맨 어머니를 올려다보지 않았다면 나의 백일몽을 무대에 올리지 못했을 거요. 그 아인 나에게 결정적인 에너지를 주었소. 내가 결코 가질 수 없는 에너지를 말이오."

아오키 씨를 처음 만난 날 '친구의 선율이 없었다면 무대를 견디지 못했을 것'이라 했던 그의 말이 생각났다.

"제가 워이커씽 선생님을 마지막으로 뵌 것은……"

나는 조심스럽게 말을 시작했다.

"지난 2월이었습니다. 제가 귀국한 지 3년이 지났을 때였죠. 어떤 일로 마음에 상처를 입어 힘들어하던 중 선생님 외할아버지 기일이 다가오고 있다는 생각이 들면서 불현듯 선생님과 낮술을 마시고 싶어졌습니다. 그러자 베이징의 추억이 밀려오면서 선생님과의 낮술이 상처를 아물게 하는 마법의 약처럼 느껴졌습니다. 그래서 전화를 드렸지요. 그런 저의 마음을 전한 후 외할아버지 기일에 맞춰 베이징에 가고 싶다고 말씀드렸더니 유쾌하게 웃으시며 아주 좋은 생각이라고 하시더군요."

"낮술이 선생님 외할아버지 기일과 어떤 관계가 있는지요?"

첸카이거의 물음에 나는 류리창에서 낮술에 취한 워이

커씽 씨를 우연히 만나 그에게 들었던 외할아버지 이야기를 했다.

"낮술을 한 장소는 류리창 근처의 오래된 주막이었습니다. 뜰이 내려다보이는 다락방에 술상이 이미 차려져 있더군요. 제가 몰랐던 선생님의 단골집이었습니다. 천장이 낮은 누옥에서 낮술에 몽롱하게 취해가는 선생님의 모습이 쓸쓸했습니다. 외할아버지가 돌아가셨을 때의 나이와 같은 나이가 되어 기일을 맞았을 때 소스라치게 놀랐다고 하시더니 오늘은 자신이 외할아버지보다 열살 더 많은 노인이 되어 이렇게 앉아 있다고 황망하면서도 처연한 표정으로 말씀하시더군요."

"친구는 자신이 돌아가신 외할아버지보다 나이가 많다는 사실에 죄의식을 느끼고 있었소."

아오키 씨는 쉰듯한 목소리로 말했다.

"우리가 다락방을 나왔을 때 해가 저물고 있었습니다. 낮술에 취한 상태에서 어디론가 휘적휘적 걸었습니다. 2월의 대기는 싸늘했지만 청명했습니다. 우리가 걸음을 멈춘 것은 쯔진청의 정문이었던 톈안먼 광장에 이르러서였습니다. 선생님이 톈안먼 광장을 생각하고 걸으셨는지, 정처 없이 걷다보니 거기였는지는 지금도 모르겠습니다. 선생님은 톈안먼 중앙에 걸린 마오쩌둥의 사진을 물끄러미 보시더니 말씀하셨습니다."

워이커씽 씨의 목소리가 먼 곳에서 들려오는 듯했다.

5

"황제가 살아 숨 쉬던 시절, 중국의 철학자들은 쯔진청의 중심인 타이허뎬(太和殿)을 우주의 중심으로 생각했소. 하늘과 땅이 만나고, 네 계절이 하나가 되며, 바람과 비가 모이고, 음과 양이 조화를 이루는 곳으로 생각했던 거요. 하지만 중국인들은 창조 신화를 만들지 않았소. 세계와 인간을 신의 피조물로 간주하지 않았기 때문이오. 그래서 중국의 황제는 신이 될 수 없었소. 일본의 천황이 창조 신화의 등에 업혀 하늘로 올라갔다면, 중국의 황제는 두 발을 땅에 딛고 있었소."

일본 천황에 대한 그의 관심은 집요했다. 천황을 말하기 위해 중국 황제를 이야기하는 것이 아닌가,라는 생각까지 들었다.

"황제가 웃으면 신하도 웃었소. 웃음을 멈추면 신하도 웃음을 멈추었소. 황제가 슬퍼하면 신하도 슬픈 표정을 지었고, 황제가 분노하면 신하도 분노의 표정을 지었소.

황제의 표정과 신하의 표정이 같다고 해서 내면의 표정까지 같을 수는 없지 않겠소. 황제의 내면이 희열로 가득 차 있을 때 신하의 내면은 분노로 가득 차 있을 수도 있소. 중화 제국 최초의 황제였던 진시황에서 마지막 황제 푸이까지 이백명이 넘는 황제의 평균 수명은 마흔이 채 안 되오. 황제의 내면과 신하들의 내면이 일치했다면 수명이 그렇게 짧을 리가 있겠소. 그런 점에서 가장 황제다운 이는 마오쩌둥이었소. 황제가 아니면서도 황제의 권력을 가장 깊이 누린 사람이었으니."

워이커씽 씨의 시선은 여전히 마오쩌둥 초상화에 머물고 있었다.

"문화혁명이 시작된 1966년 전국에서 백만이 넘는 홍위병이 톈안먼 광장에 집결했소. 마오쩌둥을 만나기 위해서였소. 그런 접견이 여덟차례 이루어졌소. 인류사에서 그런 거대한 접견은 처음이었소. 앞으로도 없을 것이오. 생각해보시오. 한 사람을 만나기 위해 백만이 넘는 사람이 한 장소에 집결했다는 사실을 말이오. 그 모두가 소년이었소. 권력이 강요하지 않았소. 출세를 위한 것도 아니었고, 천국행을 약속 받기 위함도 아니었소. 오직 마오쩌둥을 두 눈으로 보기 위함이었고, 마오쩌둥의 목소리를 직접 듣기 위함이었소."

마오쩌둥이 톈안먼에서 홍위병을 처음 접견한 것은 1966년 8월이었다. 그날 이후 홍위병들 사이에서 혁명의 경험을 공유하여 널리 전파하자는 분위기가 확산되어 이른바 '거대한 교류'가 시작되었다. 마오쩌둥은 그해 11월 말까지 여덟차례에 걸쳐 홍위병 1천 3백만명을 접견했다.

"한 장소에서 그토록 많은 신하들로부터 그토록 열광적인 숭배를 받았던 권력자는 마오쩌둥이 유일하오. 마오쩌둥이 웃을 때 백만의 신하들이 웃었고, 마오쩌둥이 슬퍼할 때 백만의 신하들이 슬퍼했소. 표정만 일치했던 것이 아니었소. 내면까지 일치했소."

언젠가 홍위병 출신 남자를 취재한 적이 있었다. 그가 속한 홍위병 장정(長征) 팀은 칭다오(靑島) 역에서 사흘을 기다려 베이징행 기차를 탔다. 사람이 너무 많아 서 있기조차 힘들었다. 변소에 가는 것은 불가능했다. 베이징에 도착하는 데 닷새가 걸렸다. 닷새 동안 하루 한끼만 먹었다. 변소를 못 가니 방광이 터질 것 같았다. 그럼에도 마오 주석이 자신을 접견해준다고 생각하면 기쁨으로 몸이 떨렸다. 마오 주석을 만나는 날 새벽 3시에 일어나 톈안먼 광장으로 갔다. 달은 높이 떠 있었고, 장식등이 화려하게 불을 밝히고 있었다. 녹색 군장과 홍기를 든 홍위병의 물결은 일망무제였다. 마오쩌둥이 나타나자 모든 홍위병들이 환호하고 눈물을 흘렸다. 마오쩌둥 어록을 흔들며 몇 시간을 펄쩍펄쩍 뛰었다. 목이 쉬어 말이 제대로 나오지 않았다. 그럼에도 행복해했다. 톈안먼 광장에 모인 모든 이들이 마오쩌둥과 시대를 함께 했다는 사실을 평생 자랑스러워할 것임을 그는 믿었다. 믿음은 인간을 순결하게 만든다고 남자는 말했다.

"권력자의 내면과 신하의 내면이 일치한다는 것은 희귀한 일이오. 그 희귀한 일이 가능했던 것은 혁명에 대한 마오쩌둥의 내면이 순수했기 때문이 아닌가 하오. 마오쩌둥은 특권적 지식계급에 대한 의심의 눈초리를 결코 거두지 않았소. 계급 없는 사회라는 공산주의의 궁극적 목적에 대한 강박관념이었는지도 모르오. 마오쩌둥의 사상을 어떤 말로 표현하든 그 바탕은 사실주의이오. 마오쩌둥이 중국 공산당의 우두머리가 된 것은, 대장정을 실현시킨 것은, 국민당과의 내전에서 승리하여 중화인민공화국을 수립한 것은 그가 철저하게 사실주의의 영역에 섰기 때문이오. 마오쩌둥의 그런 사실주의가 무너졌음을 보여준 사건은 1958년에 시작된 대약진운동이었소. 그 운동의 근저에는 유토피아적 전망이 똬리를 틀고 있었소. 결과는 끔찍했소. 마오쩌둥의 환상이 2천만명이 넘는 인민들을 굶어죽게 했소. 무엇이 그를 사실주의에서 환상의 영역으로 옮겨놓았겠소? 숭배였소. 숭배는 마오쩌둥에게 그의 눈에만 보이는 아름다운 환상의 날개를 달아주었던 거요. 그 환상이 일으킨 문화혁명의 모습이 어땠소? 현재의 시간이 과거의 시간을 죽이는 행위가 문화혁명의 실체였소. 마오쩌둥이 부여한 절대적 자유의 희열 속에서 말이오. 난 가끔 생각해보곤 하오. 마오쩌둥의 홍위병이 느꼈던 절대적 자유와 일본 천황의 군인들이 느꼈던 절대적 자유의 차이를 말이오. 역사를 들여다본다는 것은 이토록 서글픈 일이오."

그의 입가에 씁쓸한 미소가 번졌다.

"더욱 서글픈 것은……"

그는 걸음을 옮기며 말했다.

"역사가들이 아무리 들여다보아도 보이지 않는 심연이 있다는 사실이오. 그 심연 앞에서 역사가의 언어는 아무 짝에도 쓸모없소. 난징학살에는 그런 심연이 있소."

목소리에서 괴로움이 느껴졌다.

"일본군이 난징에서 저질렀던 짓들 가운데 희생자들이 숨겨야 했던 것이 있었소. 강간당한 여성들의 임신이오. 얼마나 많은 여성들이 강간을 당했는지, 정확히 숫자를 파악한다는 건 불가능하오. 연구자들은 적게는 2만, 많게는 8만으로 추정하오. 그들 중에 임신한 여성이 몇 명인지 밝히는 것은 더욱 어렵소. 독일의 외교문서에는 헤아릴 수도 없는 많은 여성들이 양쯔강에 스스로 몸을 던져 죽었다는 난징 주재 외교관의 보고 내용이 기록되어 있소. 당시 난징에 거주했던 어느 미국인 사회학자는 수많은 여성들이 일본군의 피가 흐르는 아이를 목 졸라 죽이거나 물에 빠뜨려 죽였다고 증언했소. 지금까지도 임신한 여성이 몇명인지, 낳은 아이를 죽인 여성이 몇명인지, 차마 죽이지 못하고 키웠던 여성이 몇명인지 모르고 있소. 유일하게 아는 것은 임신 능력이 있는 강간 희생자 가운데 5퍼센트가 임신을 한다는 과학적 사실과, 그럼에도 70년이 지난 지금까지 일본군의 피가 흐르는 아이를 낳았다고 증언한 여성이 단 한명도 없다는 사실이오."

걸음을 멈출 듯하던 그가 돌길을 계속 걸었다.

"그런 희생자 중의 한명이 나의 어머니였소. 어머니가 왜 나를 낳았는지, 낳은 후에는 왜 죽이지 않았는지 나는 모르오. 누군가가 그랬소. 기억은 망각 위에 덧칠하는 어떤 것이라고. 나는 내가 어머니 배 속에서 잉태되던 순간을 기억할 수 없소. 기억할 수 없다는 것은 증언자가 될 수 없다는 것을 뜻하오. 배 속에서 잉태되던 순간에 대한 증언자가 될 수 없는 운명에 나는 고통을 느꼈소. 비합리적인 고통이라고 생각하오?"

그는 나의 대답을 기다리지 않았다.

"세상에 태어났을 때의 공포도 기억할 수 없는 인간의 존재가 더 비합리적이라고 나는 생각하오. 난 어머니가 강간당하는 꿈을 간헐적으로 꾸어왔소. 그 광경을 꿈속 어딘가에서 보고 있었던 나는 강간하는 자가 아버지라는 사실을 알고 있었소. 아무리 눈을 감으려 해도 감겨지지 않았소. 아무리 고개를 돌리려 해도 돌려지지 않았소. 도망가려고 했으나 두 다리는 땅에 파묻혀 꼼짝을 할 수 없었소. 그래서 맹인 악사를 소망한 것이오. 눈이 보이지 않으면 그 광경도 보이지 않을지 모른다는 희망 때문이었소."

그의 걸음이 위태롭게 휘청거렸다.

"언젠가부터 아버지의 얼굴을 확인하고 싶은 욕망이 일었소. 하지만 어슴푸레한 어둠에 싸여 얼굴 윤곽만 희미하게 보일 뿐이었소. 조금만 가까이 가면 볼 수 있을 것 같았으나 불가능했소. 꿈은 저쪽의 세계이오. 이쪽의 세계에서 저쪽의 세계를 바꿀 수 없소. 문제는 저쪽의 세계가 끔찍한 진실을 품고 있다는 사실이오. 모든 진실은 끔찍하오. 진실이 끔찍하게 느껴지지 않는다면 그건 진실이 아니오. 나에겐 그렇소. 그 진실 앞에서 나는 철저히 무력했소. 눈을 감을 수도 없었고, 뜰 수도 없었소. 눈을 감으면 보이지 않는 손이 눈꺼풀을 열었으니……"

이어질 듯하던 말은 더이상 이어지지 않았다. 그는 어깨를 약간 웅크리고 고개를 숙인 채 걸었다. 발소리는 거의 들리지 않았다. 말을 건네고 싶었지만 어떤 말도 공허하게 느껴졌다. 나는 내가 어떤 세계에 살고 있는지 제대로 안 적이 없었다. 세계의 표면을 덮고 있는 일상의 두꺼운 허위를 꿰뚫기에는 시선이 너무 허약했다. 하지만 그는 자신이 어떤 세계에 살고 있는지 몰랐던 적이 없었을 것이라는 생각이 들었다. 고통이 그로 하여금 일상의 두꺼운 허위를 파헤치도록 했을 것이다. 그럼에도 그는 자신의 운명 앞에서는 무력했다. 그가 자신의 운명 앞에서 무력했듯이 나는 그의 고통 앞에서 무력했다. 엷은 갈색의 돌길은 저녁의 잔광에 잠겨 있었다.

6

아오키 씨는 벽에 등을 기대고 망연히 유골함을 바라보고 있었고, 첸카이거는 고개를 숙인 채 생각에 잠겨 있었다. 먼 데서 자동차 경적 소리가 어렴풋이 들려왔다.

"난 말이오."

아오키 씨의 목소리가 경적 소리만큼 멀게 느껴졌다.

"친구 어머니의 자살을 이해할 수 없었소. 어린 아들이 바깥에 나간 사이에 목을 맨 그 모진 선택을 말이오. 친구가 말을 하지 않았으니 어머니의 그런 무참한 운명을 내가 어떻게 알 수 있었겠소. 지금도 내 몸속을 떠도는 친구의 선율에 그런 가혹한 형벌의 고통이 고여 있는 줄은 까맣게 몰랐소."

그의 눈이 벌겋게 충혈되었다.

"언젠가 선친은 일본군의 중국 침략에 대해 무도한 패륜 행위라고 말씀하신 적이 있었소. 내가 놀란 건 선친의 목소리에 서린 노여움 때문이었소. 선친이 그토록 노여워하시는 모습을 처음 보았소. 선친에게 중국은 일본 예술의 어머니이니 저렇게 노여워하시는구나, 생각했소. 하지만 난 노여움의 바탕인 전쟁의 야만성에 대해서는 제대로 생각하지 않았소. 선친의 말씀이 다분히 추상적으로 다가온데다 내 삶과는 거리가 먼 것처럼 느껴졌기 때문이오. 그래서 난징학살에 대한 일본 극우 세력의 주장을 가벼운 경멸 속에서 흘려들을 수 있었던 것이오. 어리석게도 이제야 깨달았소. 난징학살이 얼마나 무도한 패륜 행위였는지, 그리고 내 삶과 얼마나 깊이 연결되어 있었는지를 말이오."

아오키 씨에게서 난징학살에 대한 이야기를 들은 것은 처음이었다. 워이커씽 씨가 난징학살과 연관된 이야기를 그에게 얼마만큼 했는지 알 수 없지만, 어쩌면 한번도 하지 않았을 수도 있다는 생각이 어렴풋이 들었다.

"제가 선생님을 마지막으로 만난 건……"

첸카이거가 입을 열었다. 그의 눈도 충혈되어 있었다.

"장궈룽의 5주기였던 4월 1일이었습니다. 선생님은 장궈룽을 처음 만난 여기가 좋다고 하셨습니다. 저도 그랬습니다. 중화권 곳곳에서 열리는 추모 행사가 불편하게 다가왔습니다. 슬픔을 밝은 불빛에 드러내는 것 같았으니까요. 여긴 슬픔이 바깥으로 새어나갈 수 없는 곳이지요."

그날 워이커씽 씨는 무척 편안해 보였다고 했다. 등에 짊어진 무거운 짐을 내려놓은 듯한 편안함처럼 느껴졌다면서 그래서인지 얼굴도 해맑게 보였다고 첸카이거는 잠긴 목소리로 말했다.

"장궈룽에 대해 이야기하실 때도 그랬습니다. 그전에는 보지 못한 모습이라 어리둥절했지만 선생님의 편안함에 금방 젖어들었습니다. 저도 편안해졌으니까요. 장궈룽을 추억하는 자리가 그렇게 편안할 줄 몰랐습니다. 선생님의 비보를 접하자 그때의 편안한 모습이 가장 먼저 떠올랐습니다. 자살과는 너무나 거리가 먼 모습이었으니까요. 청소부 아주머니도 저와 비슷한 혼란에 빠져 있었습니다. 몇달 전부터 선생님의 표정이 밝아져 무척 좋은 일이 있구나, 생각했다더군요. 제가 이런 이야기를 하는 건 선생님의 편안함이 기자 선생에게 하신 선생님의 고백과 관련이 있을지도 모른다는 생각이 문득 들었기 때문입니다. 평생 가슴에 품고 계셨던 것을 바깥으로 내보내셨으니……"

"나도 보았소. 친구의 편안함을 말이오."

첸카이거의 말에 귀를 기울이던 아오키 씨가 말했다.

"지난 6월 초순 우린 교토를 여행했소. 그 여행이 특별했던 건 친구의 제안으로 이루어졌기 때문이오. 친구는 말했소. 가모 강변의 길을 함께 걷고 싶다고. 이 말에 약간의 설명이 필요하오. 교토는 어머니가 태어나 자란 도시이오. 어린 시절 난 어머니를 따라 외가에 자주 갔소. 외가는 내 유년의 요람이었소. 거기에는 늘 고요하고 따뜻하고 부드러운 시간이 흐르오. 그 요람은 길을 하나 품고 있소. 외갓집 앞에 있는 가모 강변의 길이오. 그 길을 걷던 어느 봄날 어머닌 환한 표정으로 어린 아들에게 물으셨소. 네 몸이 한송이 꽃이라는 것을 아느냐고. 물론 나는 몰랐소. 어머니의 물음이 없었다면 난 영원히 몰랐을 거요."

그의 입가에 실낱같은 미소가 피어올랐다.

"그런 길을 함께 걷자고 친구가 말한 것이오. 그러니 내 마음이 설레지 않을 수 있겠소."

기쁨과 슬픔이 뒤섞인 목소리였다.

"사흘 동안 친구와 함께 가모 강변을 꿈처럼 돌아다녔소. 내가 가장 놀랐던 건 친구에게 느껴지는 편안함이었소. 그 편안함은 목소리에도 나타났소. 잘 아시겠지만 친구의 목소리는 어둡고 무겁소. 그런데 그곳에서는 목소리가 화사했소. 게다가 얼굴까지 해맑았소."

그의 눈에 눈물이 고였다.

"친구의 편안함이 고백과 관련이 있을지도 모른다는 첸 감독의 생각에 공감하오. 지난 2월 친구는 평생 가슴에 품고 있었던 진실을 고백했고, 4월에는 편안한 모습으로 장궈룽을 추억했고, 6월에는 나에게 교토 여행을 제안했소. 그리고 두 달 후 자살했소. 언제 자살을 결심했는지 난 모르오. 그의 성정을 생각하면 충동적으로 자살했을 가능성은 거의 없소. 긴 시간 동안 냉철하게 생각해왔을 것이오. 조각가가 돌을 쪼아 작품을 만들어가듯이 말이오. 내가 이런 생각을 하는 건 장궈룽의 자살을 염려하는 친구를 지켜보았기 때문이오."

워이커씽 씨가 장궈룽의 자살을 예감한 것은 2002년 4월 유령이 보인다는 장궈룽의 전화를 받으면서였다고 했다.

"심각한 우울증에 시달리는 장궈룽을 걱정하고 있던 차에 그런 말을 들은 것이오. 친구는 유령을 장궈룽의 우울증이 만든 물질적 생명체로 보았소. 장궈룽을 삶의 난간 바깥으로 밀쳐낼 수 있는 위험한 생명체로 말이오. 그런 피동적인 죽음은 자유가 상실된 상태에서의 죽음이기에 무의미한 암흑의 죽음이라고 하면서 장궈룽을 그렇게 죽게 할 수는 없다고 친구가 말했소. 그래서 홍콩 공연이 이루어졌던 거요. 공연 이후 친구의 소망대로 장궈룽에게 변화가 있었소. 유령을 견디는 에너지가 생기기 시작한 거요. 그 변화에 친구는 희망을 가졌소. 희망에 균열이 인 것은 데이의 혼이 다시 돌아왔다는 장궈룽의 말을 들으면서였소. 그로부터 한달 후 장궈룽은 자살했소. 친구는 장궈룽이 데이의 영혼으로 건너가 데이로 죽었을 거라고 슬프게 말했소. 투명한 슬픔이었소."

아오키 씨의 시선이 유골함에 가 있었다.

"난 친구의 죽음에 단장(斷腸)의 고통을 느끼고 있소. 내 안에 깃든 그의 선율은 그의 것이면서 나의 것이었소. 내 안에서 친구는 존재의 일부로 깃들어 있었던 것이오. 그가 죽었다는 건 나의 일부가 죽었음을 뜻하오. 그가 목을 맸다는 소식을 듣자 어머니의 죽음을 목격한 어린 아들의 모습이 떠올랐소. 그 아이가 어머니를 따라 허공을 딛고 떠났구나, 교토 여행은 작별의 의식이었구나, 그래서 친구의 얼굴이 그토록 편안했었구나, 하고 마음속으로 중얼거렸소."

"워이커씽 선생님은 8월 12일 새벽 저에게 메일을 보내셨습니다."

나의 말에 첸카이거의 눈이 커졌다.

"12일이라면 돌아가신 날인데……"

"메일을 보내신 시각이 새벽 1시 25분이었습니다."

청소부 아주머니가 목을 맨 워이커씽 씨를 발견한 것은 그날 오전 10시경이었다.

"친구는……늘 새벽에 잠이 들었지."

아오키 씨는 혼잣말처럼 중얼거렸다.

7

지금 베이징은 올림픽의 열기에 싸여 있소. 2001년 11월 베이징이 올림픽 개최지로 선정되자 중국 전역이 환호로 뒤덮였소. 축포 소리가 밤새 울려 퍼졌소. 내가 올림픽 개막식을 주의 깊게 본 것은 중국이 내세운 '하나의 세계, 하나의 꿈(同一個世界, 同一個夢想)'이라는 슬로건이 어떤 모습으로 나타날지 궁금했기 때문이오. 중국 당국이 그 슬로건을 내걸었을 때 머릿속에서 떠오른 것은 마오쩌둥의 꿈이었소. 둘 다 꿈이라는 점은 같지만 그것을 바라보는 관객은 다르오. 전자의 관객은 인류요. 중국은 인류에게 꿈의 휘황한 풍경을 보여주었소. 그 꿈을 직조한 이가 영화감독이라는 사실이 무척 흥미로웠소. 마오쩌둥이 품었던 꿈의 관객은 누구였겠소? 오직 한 사람이었소. 마오쩌둥이오. 그의 꿈이 순결했다면 꿈의 관객이 자신뿐이었기 때문일 것이오. 그 순결한 꿈의 결과가 어땠소? 문화혁명이 불러일으킨 폭력의 회오리가 중국 대륙을 휩쓸었소. 꿈이 아무리 순결할지라도 조직화, 집단화되는 순간 그 순결은 갈기갈기 찢기고 마는 것이오. 인간이란 존재는 이토록 비극적이오. 역사란 비극적 존재가 그리는 집단적 삶의 궤적이오. 그러므로 역사를 들여다본다는 것은 비극의 궤적을 들여다보는 것이오. 나는 그렇게 생각하오. 이 비극 앞에서 위로가 되는 몽상이 있소. 장자의 몽상이오.

장자는 자신이 나비가 되어 날아다니는 꿈을 꾸었소. 그러나 나비는 자신이 장자임을 알지 못했소. 문득 깨어보니 다시 장자가 되어 있었소. 그는 꿈을 곰곰이 헤아려보다가 지금 자신이 나비가 꾸는 꿈속에서 장자로 살아가는 게 아닌가, 생각하게 되오. 자신이 나비 꿈을 꾼 장자인지, 장자가 된 꿈을 꾸고 있는 나비인지 알 수 없었던 거요. 장자의 몽상이 위대한 것은 조직화, 집단화가 불가능하다는 데에 있소. 위대한 것은 아름답소. 장자의 아름다운 몽상은 역사의 시간 위에서 역사를 내려다보며 천수백년의 세월을 생기발랄하게 날아다녔소.

언젠가부터 나는 장자의 몽상을 역사 속으로 끌어들일 수 없을까, 생각해왔소. 장자와 나비 사이에는 존재의 경계가 없소. 장자가 나비일 수도 있고, 나비가 장자일 수도 있으니 말이오. 장자와 나비의 관계를 역사의 희생자와 가해자의 관계에 적용하는 것이 내 몽상의 실체요. 예를 들면 이렇소. '난징학살 심포지엄'에서 악몽의 경험을 증언했던 73세의 노인과, 그녀의 가족을 잔인하게 살해한 일본군을 장자와 나비의 관계로 만드는 것이오. 그녀가 일본군일 수도 있고, 일본군이 그녀 혹은 살해당한 그녀의 가족일 수도 있다는 것이오. 그렇다면 그녀와 살해당한 그녀 가족의 영혼 속에 일본군을 용서할 수 있는 마음이 생길 가능성이 있지 않겠소. 여기에는 전제 조건이 있소. 장자가 나비를 보듯이, 나비가 장자를 보듯이, 희생자가 가해자를 보아야 하고 가해자가 희생자를 보아야 하오. 내 몽상의 괴로움은 희생자는 보이는데 가해자가 보이지 않는다는 점에 있소. 몽상이 실현되려면 가해자가 자신이 가해자임을 고백해야 하는 것이오.

당신에게는 내가 희생자로 보이오, 가해자로 보이오? 오랫동안 나는 희생자라고 생각했소. 보이지도 않는 아버지를 증오하는 이유가 충분했소. 하지만 언젠가부터 내가 가해자일지도 모른다는 생각이 들었소. 내 존재 자체가 어머니에게는 감당하기 힘든 고통이었을 것이니. 그 고통의 절정이 어머니의 죽음이었소. 내가 어머니를 죽인 것이오. 그러니 가해자라고 생각해도 이상할 것 없지 않겠소. 나는 희생자이면서 동시에 가해자요. 내 몽상이 여기에서 비롯되었음을 당신은 눈치챘을 것이오.

일본군과 홍위병의 폭력에는 공통점이 있소. 신적 존재를 향한 숭배요. 신적 존재를 위해서라면 어떤 행위도 용납되오. 신적 존재의 품에 안긴 이들의 눈에는, 그 품에 안기지 못하는 이들이 벌레처럼 하찮게 보일 것이오. 적잖은 사람들은 벌레를 발로 뭉갰다고 해서 죄를 지었다고 생각하지 않소. 그런 신적 존재가 언젠가부터 내 눈에 다시 보이기 시작했소. 그전과는 전혀 다른 새로운 신이오. 새로운 신이 두려운 것은 국가와 민족을 초월한다는 점이오. 모든 국가, 모든 민족 위에 군림하면서 헤아릴 수 없는 사람들을 벌레로 만들어버리오. 지금 세계는 새로운 아비 규환으로 뒤덮이고 있소. 그 신의 정체가 무엇이겠소. 자본이오. 놀랍지 않소? 신의 실체가 물질이라는 사실이. 지금 인류는 새로운 신이 뿜어내는 휘황한 광채에 싸여 있소. 새로운 신의 시대가 절망스러운 것은 어떤 신의 시대보다 폭력의 형태가 깊고 광범위하다는 사실에 있소.

베이징 올림픽 개막식은 중화주의와 함께 중국이 새로운 신의 국가가 되었음을 공식적으로 선포한 장엄한 퍼포먼스였소. 내 눈에는 그렇게 보였소. 나는 스스로에게 물었소. 신념을 위해 아버지를 죽인 문화혁명의 폭력과, 물질을 위해 아버지를 죽이는 새로운 이데올로기의 폭력 가운데 어느 쪽이 더 참혹한가를. 이 물음 앞에서 나는 장자의 나비가 그리웠소. 그리움은 몽상을 부르오. 나는 몽상하기 시작했소. 몽상은 나를 장자의 나비로 만들려고 하오. 새로운 신의 땅을 굽어보며 너울너울 날아가는 한마리 나비로 말이오.

8

새처럼 보이기도 했고 나비처럼 보이기도 했다. 처음에

는 나비인가 했는데 가만히 보니 새였다. 눈처럼 흰 새가 가없는 허공 속을 날았다. 허공은 빛으로 환한데 얇은 달이 새의 날개에 걸려 있었다. 새가 다시 나비로 보이기 시작한 것은 강이 나타나면서였다. 누런 물이 출렁이는 강은 사막의 모래펄처럼 보였다. 강물 위로 낙타가 걷는다 해도 조금도 이상하지 않을 것 같았다. 나와 가까운 곳에 누군가가 있었다. 부드럽고 따뜻한 숨결이 느껴졌다. 하지만 모습이 너무 희미해 누군지는 알 수 없었다. 그 사람도 나처럼 강 위를 나는 나비를 보는 것 같았다.

눈을 뜬 것은 몸의 흔들림 때문이었다. 거무스레한 천장이 보였다. 왜 내가 누워 있는지, 어디에 누워 있는지 알 수 없었다. 몸은 여전히 흔들렸다. 혼곤한 의식 속에서 꿈의 풍경이 어른거렸다. 나비의 날개가 얼핏 보였다가 사라졌다. 겨우 일어나 앉았다. 창밖으로 거뭇한 것이 시선에 들어왔다. 산자락이었다. 산자락 아래 작은 불빛이 가물거렸다. 내가 있는 곳이 기차 안이라는 사실을 안 것은 바퀴 구르는 소리가 들리면서였다. 낮에 기차 복도의 창을 통해 본 황토고원이 떠올랐다. 꿈에 누런 강이 나타난 것은 황토고원을 휘감으며 흘러가는 황허 때문은 아니었을까,라는 생각이 들었다.

"친구가 왜 그토록 편안하게 보였는지 이제 알겠소. 나비로 변하는 꿈을 품고 있었으니……"

아오키 씨의 목소리가 귓전을 맴돌았다. 내가 프린트해
서 가져온 워이커씽 씨의 마지막 메일을 읽고 나서 한 말
이었다. 그가 워이커씽 씨의 유골을 어떻게 하는 게 좋을
지 생각해 보았느냐고 물었을 때 나와 첸카이거는 머뭇거
렸다. 그러자 아오키 씨는 유골의 3분의 1을 자신이 가져
가고 싶다면서 허락해줄 수 있겠느냐고 간절한 표정으로
물었다. 우리가 이견 없이 동의하자 그는 눈물을 글썽이
며 감사하다고 했다. 자신의 방식으로 워이커씽 씨를 진
혼하고 싶어 하는 마음이 짙게 느껴졌다. 그러자 메이란
팡이 숲속에 죽은 새를 묻어주었다는 이야기와 함께 봉
곳이 솟은 새의 무덤이 무척 아름다웠다고 하면서 워이커
씽 씨가 지었던 슬픈 미소가 떠올랐다. 그 미소 속에 자신
은 죽은 후 무덤을 남기지 못할 것이라는 비극적 인식이
깃들어 있었지 않았을까, 하는 의문이 머리를 스치고 지
나갔다. 잠시 후 나는 첸카이거에게 우리도 유골을 나누
는 게 어떻겠느냐고 물었다. 그는 나의 표정을 가만히 살
피더니 엷은 미소를 지으며 고개를 끄덕였다. 다음 날 우
리 세 사람은 류리창에서 만나 작은 도자기 함 세개를 사
서 유골을 나눈 후 내년 8월 워이커씽 씨의 1주기 때 만나
기로 약속하고 헤어졌다. 그날 오후 나는 베이징역에서

둔황행 기차를 탔다. 처음에는 비행기편으로 둔황에 가려했으나 워이커씽 씨와의 마지막 여행이라는 생각에 기차로 바꾸었다.

기차는 속도를 늦추며 역사로 들어서고 있었다. 시계를 보니 새벽 2시가 다 되어가고 있었다. 사람들의 발소리와 함께 수런대는 소리가 들렸다. 얼굴을 창에 바짝 갖다 댔다. 플랫폼에서 역사로 걸어가는 사람들의 모습이 흐릿하게 보였다. 조금 후 기차가 움직였다. 창으로 스며드는 역사의 불빛이 멀어지더니 이내 어둠에 잠겼다. 어둠 너머로 무언가가 어른거렸다. 꿈에 본 나비였다. 그러자 낯익은 목소리가 들려왔다.

"제가 나비라면 열네살 소녀의 꿈속으로 날아 들어가 고래 이야기를 해줄 텐데……"

아이리스 장의 목소리라는 것을 깨닫는 순간, 꿈속에서 본 누군가의 희미한 모습이 아이리스 장이었으리라는 느낌이 강하게 들었다. 고모할머니가 난징으로 끌려간 이야기에 눈물을 글썽이는 그녀의 모습이 아프게 떠올랐다. 아이리스 장의 나비가 가야 할 길을 그려보았다. 난징에 이르는 길은 현실의 길과 다르다. 시간을 거슬러 고모할머니가 14살 때 끌려간 1938년 가을의 난징에 도착해야 하기 때문이다. 그것은 꿈의 길이다. 꿈의 길이라 해서 반드시 꿈속에만 존재하는 것은 아니다. 바다에서 육지로 올라온 고래가 떠나온 곳이 그리워 다시 바다로 돌아가는 길도 꿈의 길이며, 태어난 곳을 찾아 물길을 거슬러 올라가는 연어의 길도 꿈의 길이다. 아이리스 장은 『The Rape of Nanking』을 통해 학살자와 희생자가 나란히 서 있는 세계를 꿈꾸었다. 그것은 워이커씽 씨의 꿈이기도 했다. 그의 어머니와 아버지가 나란히 설 수 있는 유일한 세계이기 때문이다. 그 꿈 앞에서 워이커씽 씨의 마음이 얼마나 설렜을까. 그의 설렘은 아이리스 장의 자살로 무너졌다. 아이리스 장이 자살한 것은 그녀의 꿈 때문이었다. 그 진실을 목도하면서 워이커씽 씨가 견뎌야 했을 고통과 절망의 깊이를 나는 헤아릴 수 없었다.

고모할머니의 유골이 묻힌 단풍나무가 어른거렸다. 고모할머니의 유일한 소원은 죽은 자신의 몸이 깨끗하게 보이는 것이었다. 그 간절한 소원이 이루어진 것은 1990년 12월이었다. 노란 천에 싸인, 종잇장처럼 얇은 고모할머니의 몸은 겨울 백합처럼 깨끗해 보였다. 향년 66세였다.

고모할머니가 혈액암 진단을 받은 것은 그해 2월이었다. 뼈마디가 쑤시는 통증으로 병원을 찾았다 발견했다. 그날 이후 고모할머니는 병원에 가지 않았다. 항암 치료를 받으면 조금은 더 살 수 있을지는 모르겠지만 자신의 소망은 삶을 청결하게 매듭짓는 것이라 했다. 그 말을 하면서 짓는 고모할머니의 표정이 너무 편안해 보여 그전부터 죽음을 기다렸던 게 아닐까,라는 생각이 절로 들었다. 고모할머니는 몸이 음식을 받으려 하지 않는다는 이유로 돌아가시기 20일 전부터 물과 차만 마셨다. 몸이 여위어갈수록 얼굴은 그만큼 더 맑아졌다. 그런 모습을 지켜보면서 고모할머니는 어떤 꿈을 꾸었을까, 나는 생각했다. 열네살 이전으로 돌아가는 꿈을 얼마나 많이 꾸었을까? 작은오빠의 생일 선물을 사러 가지 않았다면, 하는 생각을 또 얼마나 많이 했을까? 그런 생각을 하다가 고개를 저었다. 고모할머니는 작은오빠의 생일 선물을 사지 않는 자신을 상상할 수 없었을 것이다. 작은오빠에게 고래 이야기를 듣지 못한 자신의 모습을 상상할 수 없듯이.

　고모할머니의 몸은 단풍나무 앞에서만 기울어지는 게 아니었다. 생각에 빠져 넋을 놓고 있을 때도 고개와 함께 몸이 기울어졌다. 푹 꺼진 두 눈은 먼 곳을 바라보는 것 같기도 했고, 아무것도 보지 않는 것 같기도 했다. 워이커씽 씨에게도 그런 모습이 종종 보였다. 두 사람의 닮은 모습을 생각하면 가슴이 저렸다. 머리맡에 놓인 가방에서 유골함을 꺼냈다. 곱고 가는 진흙에 모래를 섞어 구운 홍갈색 도자기로, 날개를 편 새의 문양이 섬세하게 그려져 있었다. 아오키 씨가 고른 것이었다. 새 문양이 너무 마음에 든다고 했다.

"실크로드 사막 속으로 들어간 우리가 걸음을 멈춘 곳은 모래 무덤 앞이었지. 거센 바람이 불면 흔적도 없이 사라져버리는 모래 무덤이 여기저기 흩어져 있었어."

아오키 씨의 목소리가 기차 바퀴 소리에 뒤섞여 들려왔다. 그 말을 들었을 때 둔황 사막의 모래 무덤이 생각났다. 2004년 5월 중국 지리학 연구자들의 둔황 사막 탐사를 취재하면서 보았던 무덤이었다. 둔황에서는 사람이 죽으면 사막에 묻는다고 하면서, 돌로 모래 무덤 위를 꾹꾹 눌러놓긴 하지만 모래 폭풍이 불면 흔적도 없이 사라진다고 했다. 내가 첸카이거에게 유골을 나누자고 한 것은 둔황 사막에 워이커씽 씨의 모래 무덤을 만들고 싶었기 때문이었다. 모래 무덤은 죽음의 흔적을 남기지 말라는 그의 유언에 어긋나지 않는다고 나는 생각했다. 사람의 눈에 거의 띄지 않을 뿐 아니라 머잖아 바람에 흩어져 사라질 것이기 때문이었다.

덜컹거리는 기차의 진동을 느끼며 둔황 사막의 모래 무덤을 떠올렸다. 햇살은 바람에 안개처럼 떠다니는 모래와 뒤섞이면서 회색과 노란색으로 눈에 비쳤다. 서로 다른 색의 분광 속에서 모래 무덤이 스르르 사라지는가 하면 마술처럼 불쑥 나타나기도 했다. 그 몽롱한 뒤섞임을 보고 있노라면 모래 무덤이 어떤 생명체처럼 느껴졌다.

무덤 너머로 바람결을 따라 흘러내리는 모래 언덕들이 광막하게 펼쳐지면서 파도처럼 일렁였다. 그 파도의 끝에서 하늘로 이어지는 지평선이 시선에 아스라이 닿았다. 영원이 가로놓인 그 무한의 풍경 앞에서 내 몸이, 나의 존재가 모래처럼 메마르고 부스러지기 쉬운 물질처럼 느껴지면서 지나온 생애가 꿈속의 풍경인 듯 희미해지다 어디론가 사라져가고 있었다. 그 사라짐 속에서 나는 내가 누구인지를 묻지 않을 수 없었다. 둔황의 사막으로 가는 길은 나를 묻는 길이었다. 그 길을 걸으며 워이커씽 씨에게도 물을 것이다. 허공에 매달린 몸이 어떻게 나비로 변할 수 있는지를.

소설의 바탕은 허구입니다. 소설에서 허구의 가치는 현실에서는 잘 보이지 않는, 혹은 은폐된 '진실'을 구체적으로 보여주는 데에 있습니다. 허구의 깊이가 현실의 깊이이자 소설의 깊이인 이유는 여기에 있습니다.

『발 없는 새』의 시간과 공간에는 허구의 인물과 실재 인물의 삶이 뒤섞여 있습니다. 허구의 삶이 실재의 삶 속으로, 실재의 삶이 허구의 삶 속으로 스며들어가 허구이면서 실재인, 실재이면서 허구인 낯선 형태의 삶이 직조되어 시간과 함께 어디론가 흘러갑니다.

소설을 쓰는 동안 자주 들여다본 책이 중국 영화감독 첸카이거의 자전 에세이 『나의 홍위병 시절』과 중국계 2세 미국인 작가 아이리스 장의 역사서 『The Rape of Nanking』입니다. 두 책의 한국어 번역본은 1991년, 2006년에 출간되었습니다.

『나의 홍위병 시절』을 읽으면서 가장 놀란 것은 냉정하면서도 서정적 밀도가 느껴지는 문장이었습니다. 그 문장이 그리는 문화혁명의 어두운 정경은 개인과 역사의 관계성에 대한 본질적 질문을 품고 있습니다. 이 질문을 영상화한 작품이 「패왕별희」가 아닐까 생각합니다. 『The Rape of Nanking』은 작가가 스스로 역사의 진창 속으로 들어가 그 진창을 온몸으로 헤쳐 나가며 쓴 책으로 보였습니다. 제가 첸카이거와 아이리스 장을 소설에 끌어들인 것은 그들의 책 때문이었습니다.

소설의 제목 '발 없는 새'는 2003년 4월 1일 투신자살한 장궈룽이 출연한 영화 「아비정전」의 "세상에 발 없는 새가 있다더군. 이 새는 나는 것 이외는 알지 못해. 날다가 지치면 바람 속에서 쉰대. 딱 한번 땅에 내려앉는데 그건 바로 죽을 때지."라는 대사에서 빌려왔습니다. 소설의 중심인물에 드리운 삶의 그림자가 '발 없는 새'의 흔적처럼 느껴지는 부분이 있기 때문입니다.

『발 없는 새』는 2008년 문예지에 발표하고 2013년 작품집 『정결한 집』에 수록한 단편 「오래된 몽상」을 바탕으로 만들어졌습니다. 이 새로운 생명체를 세상 속으로 내보내게 되어 마음이 설렙니다.

2022년 5월

정찬

발 없는 새

초판 1쇄 발행 • 2022년 6월 3일

지은이 / 정찬
펴낸이 / 강일우
책임편집 / 조용우
조판 / 박아경
펴낸곳 / (주)창비
등록 / 1986년 8월 5일 제85호
주소 / 10881 경기도 파주시 회동길 184
전화 / 031-955-3333
팩시밀리 / 영업 031-955-3399 · 편집 031-955-3400
홈페이지 / www.changbi.com
전자우편 / lit@changbi.com

ⓒ 정찬 2022
ISBN 978-89-364-3878-4 03810